秋《あき》暮《ぐれ》の五人

くらまし屋稼業

今村翔吾

時代小説文庫

角川春樹事務所

序章

葉月《はづき》（八月）に入り、陽射しも随分と和らいでいる。木々をさざめかせる一陣の風の中に秋の香りを捉え、堤平九郎《つつみへいくろう》は菅笠《すげがさ》を少し上げた。

屋台車を曳《ひ》きながら町を流している。屋台車には、

――あめ

と、書かれた小ぶりの幟《のぼり》を立てており、車輪が転がる乾いた音と共にひらひらと揺れている。涼しくなってきたからか、売り上げは悪くない。仕込んだ飴《あめ》ももう残り僅かとなっている。

今日は流しの飴売り以外にも目的があった。目黒《めぐろ》不動のすぐ近くの五百羅漢寺《ごひゃくらかんじ》を目指しているのだ。

山門の手前に屋台車を置き、平九郎は境内《けいだい》に足を踏み入れた。五百羅漢寺には本殿のほかに東西の羅漢堂と、かなり珍しい三層の建物、三匝堂《さんそうどう》がある。内部は通路が螺《ら》旋《せん》状に巡らされ、上り下りの参拝客がすれ違わない一方通行になっている。その構造

から「さざゐ堂」とも呼ばれていた。

その三匝堂の三層部分に、広い露台が張り出している。著名な類型を求めるならば、京にある清水《きよみず》の舞台であろう。平九郎の目的はここであった。

さざゐ堂の露台に進む。

他国から江戸見物に来た者たちであろうか。常陸《ひたち》なまりの男が三人、景色を眺めながら指差し、興奮気味に話している。

この参拝客が帰るまで動くことは出来ない。平九郎も欄干《らんかん》に手を添えながら、季節が移ろい始めた江戸の町を茫《ぼう》と眺めていた。

三人が談笑しながら下っていくのを確かめると、平九郎は背後を気にしつつ屈んだ。そして欄干の外に手を出し、露台の床裏を探った。

〈行ったか〉

――あった。

さざゐ堂の露台、擬宝珠《ぎぼし》が付いている欄干の親柱を目印にして、上り口から四本目と五本目の柱の間。そこの裏を探れば僅かな隙間があるのだ。ここに文《ふみ》を挟んでおくというのも、「くらまし屋」に繋《つな》ぐ幾多の方法の中の一つなのである。

平九郎は再度後ろを確かめつつ文を取ると、素早く懐に捻《ね》じ込んだ。内容は後でゆっくりと吟味《ぎんみ》する。

文の有無を確かめた後、普段はすぐに退散するのだが、羅漢堂に子どもが三人入っていくのが見え、ふと気に掛かって追うように中に足を踏み入れた。

ずらりと並んだ羅漢像がなかなか壮観であった。元禄《げんろく》の頃に開かれた黄檗宗《おうばくしゅう》の寺で、後に松雲元慶《しょううんげんけい》という禅師が十数年もの歳月をかけて羅漢像を彫ったと言われている。子どもたちはその羅漢像を指差しながら、あれだこれだ、と話していた。

「羅漢像が好きなのか？」

声をかけると、三人は肩をびくんと動かして一斉に振り向いた。二人が男の子、一人は女の子。どの子も年の頃は七、八といったところであろう。

「おじさんは……？」

男の子の一人が恐る恐る尋ねる。意志の強そうな太い眉《まゆ》をしており、将来なかなかの男前になりそうだ。

「参拝客さ。何をしているんだ？」

「似ている顔を探しに来たの」

そう答えたのは女の子。丸い目の上に長い睫毛《まつげ》。愛嬌のある顔をしている。

「そうか。いたか？」

「俺はあれだな」

そう言って指差したのはもう一人の男の子。最初の男の子も整った顔をしているが、この子の目鼻だちはさらに水際立っていた。鼻筋がすうっと通り、目も口元も、役者でも務まろうかというほどに美しい。

「おじさんも探そうかな」

平九郎が微笑《ほほえ》むと、子どもたちはあれが似ている、こっちのほうが似ていると、無邪気に様々な羅漢を指し示す。笑顔、泣き顔、怒り顔、中には人を羨むような顔つきに見える羅漢像もある。同じ者が作ったはずが、表情は一つ一つ異なって見えるのだ。彫った時の心境が色濃く出ているのか、それとも見る者の心を映すのか。そのようなことを考えながら、平九郎もゆっくりと一体、一体の顔を見ていった。そして一体の羅漢像でふと目が止まった。

——似ている……。

妻の初音《はつね》と共に、もう三年も会っていない娘。もう七歳になったはず。この子どもたちと同じくらいである。今、会ったとして己はすぐに気づけるだろうか。

——小鈴《こすず》は、すぐに気づいてくれるだろうか。

娘の名を呼びながら、吸い込まれるように羅漢像に見入っていた平九郎だが、女の子の声で我に返った。

「あれ、お母ちゃんに似てる」

「馬鹿、お前……顔知らないだろう?」

美しい顔立ちの男の子が放った一言で、この子たちが孤児《みなしご》だと悟った。どの子も粗末な身形《みなり》だが、着物には丁寧に継ぎが当てられている。誰か面倒を見ている人がいるのだろう。

「何となく覚えているもん」

「赤ん坊だったじゃねえか」

「覚えているもん……」

女の子は遂に泣き出しそうになり、太眉の男の子が慌てて間に入る。

「ああ、そうだ。お咲《さき》が覚えている顔は、母ちゃんで間違いないさ」

お咲と呼ばれた女の子の肩を摩《さす》り、太眉が目配せする。美少年はちぇっと舌打ちをして首の後ろで手を組んだ。男の子二人は歳の割に大人びていた。

「ここの寺の子か?」

平九郎が尋ねると、美少年が答える。

「ううん。この近くの襤褸《ぼろ》寺さ」

「また檻褸寺なんて言ったら、和尚さんに怒られるよ……」

お咲は涙を拭いながら顔を上げた。

「言うなよ」

「分かった」

お咲は素直にこくんと頷《うなず》いた。

「悪かったよ。きっと母ちゃんだろうぜ」

美少年が、ばつが悪そうに言うと、お咲の口元にも笑みが戻って来た。

「お前たち、飴は好きか？　俺は飴細工屋なんだが」

平九郎が言うそばから、子どもらは複雑そうな顔をしている。予想と違う反応に平九郎は眉を寄せた。

「好きだけど。俺たち銭が無いから」

太眉が俯《うつむ》き加減で呟《つぶや》いた。

「銭はいいさ。飴を作ってやる」

「いいの⁉」

三人の大きな声が重なったので、平九郎は口に指を当ててしっと息を吐いた。

「静かにな。付いて来い」

三人を引き連れて山門まで戻ると、屋台車は来た時と同じ場に停《と》まっていた。

「無用心だなあ。盗まれてしまうよ」

太眉が呆れたように言う。大人のような口ぶりだった。孤児である限り、同じ年頃の子らよりも苦い経験もしてきているだろう。それが彼らの成長を早めているのかもしれない。

「売り代《しろ》はこっち。飴を盗むような酔狂な者はなかなかいない。もし盗んでも屋台車を曳いていたら、そう遠くまでいけやしない。追いついてすぐにとっ捕まえるさ」

「捕まえられるほど、おじさんは強く見えないけどなあ……」

「甚助《じんすけ》さん、失礼だって」

お咲は耳元で囁《ささや》くが、聞こえてしまっている。太眉の名が甚助だと判った。

「人は見かけによらないぞ」

平九郎が戯《おど》けて見せると、甚助はにかりと笑った。

「ほら、何がいい。十二支から選んでくれ」

「辰《たつ》！」

甚助が真っ先に答える。

「じゃあ、俺は……申《さる》かな」

美少年は顎に指を添えて、空を見上げながら答えた。

「申か。珍しいな」

男の子たちが選ぶのはやはり寅《とら》や辰である。女の子は卯《うさぎ》や酉《とり》。申はどちらにもあまり人気が無い。

「こいつは身軽だから、自分に重ねているんだと思う」

甚助が言うと、美少年はこめかみを掻《か》いて苦笑した。そしてお咲に向けて、お前も言えと促すように指を動かした。

「私は酉」

「よし、解った」

平九郎は炉の火加減を確かめると、屋台車の蓋《ふた》を取った。

「あ……まずいな」

飴が残り少ないのをすっかり忘れていた。ただでさえ二つ作るのが限界の量。ましてや甚助は十二支の中でも、最も飴を使う辰を頼んでいる。

「悪い。飴が足りない。二つ作るから皆で分け……」

謝ろうとすると、美少年が遮るように言った。

「俺、ちょっと腹が痛くなってきた」

「え？　大丈夫？」

お咲が心配そうな顔になる。

「心配ねえ。だけど飴はいいかな……あーあ、折角なのにこんな時に残念だ」

そう言いながら腹に手を当て、少し離れて壁にもたれ掛かった。甚助は苦笑して言った。

「見ての通りなんで、酉と辰をお願いします」

「分かったよ」

平九郎も微笑んで頷くと、流れるような手捌《てさば》きでまず酉を作り上げた。

「はい、お咲ちゃん」

「わあ……」

お咲は目を輝かせて酉の飴細工を上から下から眺めた。

「これ……お夏《なつ》にあげたら喜ぶかな……？」

「まだ赤ん坊だぜ？」

お咲が呟《つぶや》き、美少年が呆《あき》れるように言った。彼らが言うお夏とは、最近寺に引き取られてきた女の赤子《あかご》らしい。お咲は自分の飴をあげようと思っているのだ。

「甚助は辰だったな」

平九郎が念を押すと、甚助はお咲をちらっと見て答えた。

「やっぱり酉で」

「いいのか？」

「うん」

平九郎は手早く酉を作り、甚助に差し出した。

「ありがとう、おじさん」

甚助もこの時ばかりは、子どもらしい笑顔を見せた。

「ほら、これをお夏にあげろ」

甚助は自分の分の飴をお咲に渡した。

「いいの……？」

「ああ、お夏も喜ぶといいな」

甚助が言うと、お咲はにこりと笑って頷《うなず》いた。

「ありがとうね」

美少年が背で弾くようにして壁から離れると、こちらに向けてお辞儀をした。

「坊主、ごめんな。また二十日後にここに来るつもりだ。その時には作ると約束する」

「いいよ。十分だって」

飽きることなく両手の飴細工を見つめるお咲を見て、美少年は片笑んだ。父母に育てられている訳ではないが、逞しく優しく成長している。そう思うと少し安堵《あんど》した。

「じゃあな」

三人は手を振りながら家路に就く。お咲は嬉しさが極まったのか、跳ねるように二人より少し先に行く。

「転ぶなよ」

美少年が言うと、甚助は横を向いて白い歯を見せた。

「彦弥《ひこや》、恰好つけやがって」

別れ際になってようやく、整った顔立ちの少年の名が知れた。

「うるせえ。お前もだろ。俺は女の頼みは断らねえんだよ」

「お咲は頼んじゃいないぜ」

「あー……どうでもいいだろう」

彦弥は面倒くさそうに、再び首の後ろで手を組んだ。甚助も笑ってそれ以上は何も言わない。

「二人とも、早く」

お咲が振り返って手招きすると、二人は顔を見合わせて小走りで追いついた。

あの子たちは二度と親と会えないのだろう。それでも肩を寄せ合って強く生きている。小鈴には初音が付いている。暗い想像が頭を過《よぎ》ったことも何度もあるが、今は信じるしか無いのだ。

——必ず迎えに行く。

平九郎は三人に娘の姿を重ねて、改めて誓いを立てた。

会えた時には飴細工を作ってやろう。

初音に似てきっとお転婆だから酉や卯ではないだろう。辰か、寅か。巳《へび》だと言われたら驚くな。

前向きな想像に浸りながら、平九郎は屋台車にそっと蓋を載せた。

秋暮の五人

くらまし屋稼業

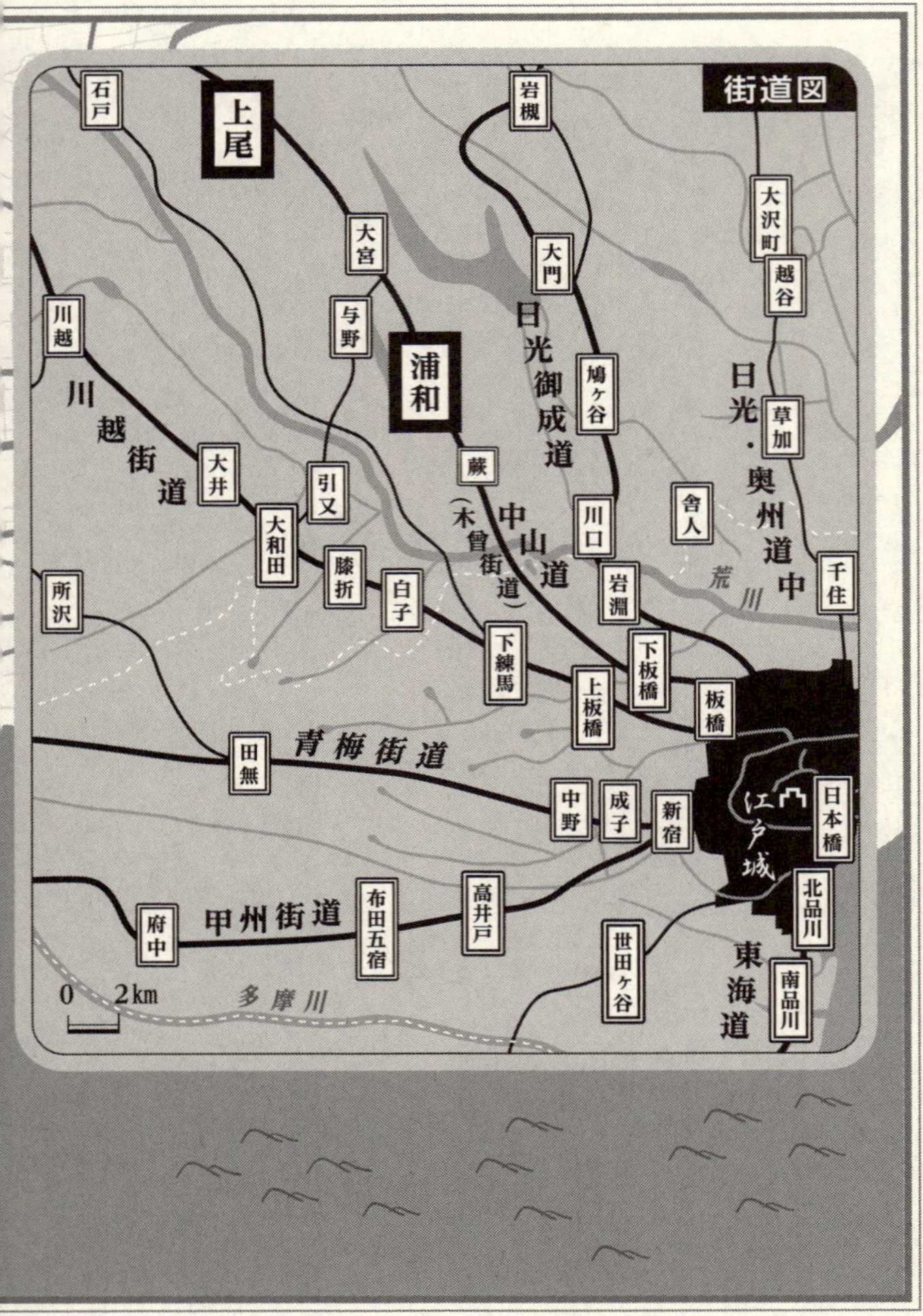

街道図
石戸
上尾
岩槻
大宮
大沢町
越谷
大門
川越
与野
浦和
日光御成道
鳩ヶ谷
日光・奥州道中
草加
川越街道
大井
引又
蕨
中山道
（木曾街道）
川口
舎人
大和田
膝折
白子
岩淵
荒川
千住
所沢
下練馬
下板橋
上板橋
板橋
青梅街道
田無
中野
成子
新宿
江戸城
日本橋
甲州街道
府中
布田五宿
高井戸
世田ヶ谷
北品川
東海道
南品川
0
2km
多摩川

地図製作／コンポーズ　山﨑かおる

主な登場人物

堤《つつみ》平九郎　表稼業は飴細工屋。裏稼業は「くらまし屋」。

七瀬　「波積屋《はづみや》」で働く女性。「くらまし屋」の一員。

赤也　「波積屋」の常連客。「くらまし屋」の一員。

茂吉　日本橋堀江町にある居酒屋「波積屋」の主人。

お春　元「くらまし屋」の依頼人。「波積屋」を手伝っている。

藤助《ふじすけ》　平九郎が住む日本橋弥兵衛町にある長屋の大家。

坊次郎　日本橋南守山町にある口入れ屋「四三屋《よみや》」の主人。

榊惣一郎《さかきそういちろう》　「虚《うつろ》」の一味。すご腕の剣客。

初谷男吏《はつがやだんり》　伝馬町牢問役人。「虚」の一味。

目次

くらまし屋七箇条

一、依頼は必ず面通しの上、嘘《うそ》は一切申さぬこと。
二、こちらが示す金を全て先に納めしこと。
三、勾引《かどわ》かしの類《たぐい》でなく、当人が消ゆることを願っていること。
四、決して他言せぬこと。
五、依頼の後、そちらから会おうとせぬこと。
六、我に害をなさぬこと。
七、捨てた一生を取り戻そうとせぬこと。

七箇条の約定《やくじょう》を守るならば、今の暮らしからくらまし候《そうろう》。
約定破られし時は、人の溢《あふ》れるこの浮世から、必ずやくらまし候。

第一章　阿久多《あくた》

一

初谷男吏《はつがやだんり》は高尾山《たかおさん》から戻ると、すぐに神田橋《かんだばし》御門外の四軒町《しけんちょう》を目指した。傍らを歩く榊惣一郎《さかきそういちろう》は上機嫌に鼻唄を歌っている。

「止《や》めろ」

「何故です？　しくじったのは、新入りでしょう？」

男吏が短く制すと、惣一郎はひょいと首を捻《ひね》った。

「それはそうだが……」

此度《こたび》の己たちに課せられた任務は、幕府が高尾山に監禁している阿部将翁《あべしょうおう》を強奪するということだった。先に新入りの漣月《れんげつ》と謂《い》う者が高尾山に向かっていた。念には念を入れて己と惣一郎が加勢に向かわされたのだ。合流してことに当たれと命じられていたにもかかわらず、漣月は功を焦《あせ》ったのか一人で襲撃。そして返り討ちにあった。

「まさかあんな男がいるとは、新入りも誤算だったでしょうけど」

漣月は決して弱くなかったはずだ。九州より江戸を目指す途中、侍ばかり狙って何度も辻斬りを行っていたという。幕府はその数を九人と捉えているが、漣月から聞いたところ、実際は二十までは数えたが後は覚えていないと嘯《うそぶ》いた。道々の各藩は手練《てだ》れを繰り出して漣月を追わせたが、全て討ち果たされている。そのような漣月だからこそ「虚《うつろ》」に迎えたのだ。それなのにこうも早く殺されるとは誰も想像もしていなかった。

「くらまし屋か」

男吏は舌打ちした。いかなる者であろうとも、金子《きんす》さえ積めば晦《くら》ましてくれるという者である。その正体はある者は武士であると言い、またある者は町人であると言う。挙句の果てには男か女かすら定まらず、妖《あやかし》の類ではないかと噂する者もいる。だが男吏はこれを裏稼業の者だと思っていた。

恐らく将翁は、くらまし屋に自らの救出を依頼していた。故に高尾山で漣月とかち合い、打ち倒したということだ。

「次が楽しみだな」

「馬鹿を言うな。お主が斬られたらどうする」

聞き咎《とが》めると、惣一郎はくすりと笑った。

「ご心配なく。次は殺《や》れます。頭の中で絵図が見えています」

嘘を吐《つ》けと一蹴も出来ない。この若者がそう言っておかしくない達人だということを男吏はよく知っている。

「ともかく……少しは深刻な面持ちを作れ。此度ばかりは叱責だけでは済まぬかもしれぬぞ」

今回、しくじった責は漣月にあると言ってよい。だが問題は、この若者が幕府の役人が聞いている前で己の正体をばらしてしまったことである。もはやこれは己一人の問題ではない。幕府は虚の正体を全力で追っているのだ。このような手掛かりを与えてしまった以上、虚としても対策を考えねばならない。

二人が立ったのは何の変哲も無い商家である。看板には「もめん」と書かれており、一見して木綿問屋だと判る。男吏は暖簾《のれん》を腕で押しのけつつ、中に足を踏み入れた。

「頼もう」

「これは初谷様、佐山《さやま》様」

手代が振り返って相好を崩す。この店には何度も通っており、店の者には己は牢問《ろうどい》役人の初谷男吏そのまま、惣一郎は相州《そうしゅう》浪人の佐山敬一郎《けいいちろう》と名乗っている。共に主人の碁《ご》仲間だと思っている。

「少々お待ち下さい。旦那様……」

手代が中に報せに走り、暫《しばら》くして廊下を足早に戻って来た。

「中へ。お待ちでございます」

二人は手代に案内され、普段通される最奥の間に連れていかれた。

「どうぞ」

気配を察して、先んじて中から声がする。手代は会釈してその場を辞し、男吏はゆっくりと襖《ふすま》を開いた。

「帰った」

「思いの外、早いお帰りで」

正座したまま首だけを向ける男、名を金五郎《きんごろう》と謂《い》う。男吏は中へ入ると勢いよく畳に腰を下ろした。惣一郎もすぐ側にひょいと座る。

「相変わらず不気味な笑みだな。金五郎さんよ」

「ご挨拶《あいさつ》で」

金五郎は常に笑みを崩さない。故に店の奉公人からも、近所の者たちからも、

──地蔵様のようだ。

などと言われて慕われている。

だが己は牢問役人。人の心の深いところを見抜き、炙《あぶ》り出す玄人《くろうと》だと自負している。

金五郎の笑みは、無理やり目を細め、口角を上げているといったほうがしっくりくる。笑顔の能面を貼り付けているように見える。

「まずいことになった」

男吏は高尾山での顚末《てんまつ》を早口で語った。金五郎は一々頷《うなず》き、全て聞き終えると額《ひたい》にそっと人差し指を添えた。

「うむ。まずいね。初谷さんはどうするつもりです？」

「出奔するしかあるまい」

あの場にいた薬園奉行や道中奉行の手の者たちよりは、早く帰って来た。今日のうちに江戸を出れば間に合うと考えている。

「高尾山には公儀隠密《こうぎおんみつ》もいたのだろう？　すでに幕府には知れているかもしれない」

「漣月が鏖《みなごろし》にしたようだが……」

「いや、侮っちゃいけない。このまま戻らずにいるがいい」

「待て、それはいかぬ」

薄給の牢問役人である。大した家財もない。二、三日分の衣服、小物、そして奴床《やっとこ》、鋸《のこぎり》、鋏《はさみ》、剃刀《かみそり》、笞《むち》、串、針、錐、手鎖など愛用している責め具の数々である。中には万力の構造を真似して自ら開発した独自の責め具もある。これらだけはどうしても回収したかった。

「あれがなければ、俺は力を半ばも出せぬぞ」

男吏は大真面目で続けた。

「それは困る。あなたの力は貴重です」

虚は何かに長じた者たちの少数精鋭である。己のように拷問の腕を買われた者。惣一郎のように剣才を買われた者。そして金五郎のように表では木綿問屋を営みながら、それらを適材適所に差配する者など様々である。もっとも少数とは聞かされているが、男吏はその全容を摑《つか》んでいる訳ではない。金五郎も江戸での指示役というだけである。さらにはその上に御館様《おやかたさま》と呼ばれる黒幕がいるが、何者なのか男吏は一度も会ったこともなく、皆目解らないのだ。

金五郎は額を指でとんとんと叩《たた》きつつ続けた。

「そちらは手を打ちましょう。九鬼《くき》と阿久多《あくた》、どちらがよいものか……」

「どちらとも俺は気が合わぬ」

虚には優れた剣客が三人。九鬼段蔵《だんぞう》、阿久多、そして今横に座って外を茫《ぼう》と見ている、惣一郎である。己は惣一郎とは不思議と馬が合うが、他の二人のことはむしろ毛嫌いしている。

「もう一人の新入りで十分だ」

男吏は手を払いつつ言った。己のような特殊な技の持ち主は一人いれば十分。だが単純に強き者は多いに越したことはない。故に虚は優れた剣客を常に探して仲間に加えている。ここ半年で漣月以外に、もう一人加わっていた。金五郎は五人になれば策も講じやすくなると喜んでいた矢先、漣月を失ったのだ。その作られた笑みの奥に、苛立《いらだ》ちがあると男吏は感じている。

「新入りは駄目なのですよ。別の役目に就いている」

「別の役目？」

男吏は鸚鵡《おうむ》返しに問うた。

「優れた剣客を見つけたのです。その勧誘に向かっている。惣一郎に匹敵するかもしれぬ男です」

「それほど……」

金五郎は様々な顔を持っており、いくつもの変名を使っている。もっとも金次郎《きんじろう》、金之助《きんのすけ》、金太夫《きんだゆう》といったように僅かに変えているだけである。当人いわく、

――金《きん》を外せば、金《かね》が逃げていきそうで怖くてね。

と、いうことらしい。その程度の変名で十分。それで正体に迫られるくらいならば己もやきが回ったということ。いずれ捕縛されるだろうと不敵に笑っていた。

「菖蒲屋《あやめ》を覚えていますか？」

「ああ、こいつが仕留めた」

「そう。私はあれには確か……金右衛門《きんえもん》と名乗っていた」

記憶を呼び起こすため、金五郎は菖蒲屋相手に使っていた変名を出した。

一年と少し前、裏稼業の口入れ屋である、四三屋《よみ》の坊次郎《ぼうじろう》から紹介された。それが菖蒲屋の主人、留吉《とめきち》である。虚には大きな計画がある。そのためになさねばならないことの一つに、人を買い付けるということがある。所謂《いわゆる》、人身売買というものだ。

数年前から各地で大きな飢饉《ききん》が続き、宝暦《ほうれき》に入ってもそれは収まるどころか悪化の一途を辿《たど》っている。娘を売って口に糊《のり》しようとする百姓、息子を養子に売りつける貧乏御家人、人を集めるのに事欠かない。

買い集めたその者たちを目的地に連れて行く。海路が望ましいのだが、幕府は抜け荷を厳しく取り締まっており、容易くはない。そこで大金で商人の「船の名」を買い取り、秘密裡《ひみつり》に江戸から出航させていた。菖蒲屋もその商家のうちの一つだった。

　ある日、留吉は一人の娘を引き取って欲しいと言って来た。こちらとしてはただで手に入るのだから願ってもないこと。二つ返事で承諾したが、同時にこうも念を押した。

　――その段になって止める。とり逃がしたなどと寝言を言ってはいけませんよ。これは商いです。信用が大事。そんなことがあれば、私は菖蒲屋さんを疑ってしまう。

　幕府はあの手この手で探って来る。留吉が協力していることに勘付き、罪を免ずる代わりに囮《おとり》に仕立てて来ることもあり得る。配慮するのは当然のことである。

　だが留吉は約束の日に娘を連れてこなかった。一度は仏心を見せて猶予を与えたが、その間に奉行所に捕まってしまった。金五郎は口を封じるべく惣一郎を派し、白昼堂々留吉を仕留めさせた。

「その菖蒲屋、どうやら娘をすでに奪われていたようで」

「まさか……」

「私は『くらまし屋』が臭いと思う」

　確かにあり得るかもしれない。高尾山の警備は厳重を極めていた。それを掻《か》い潜って将翁を連れ去ったのだ。思えば菖蒲屋も凄腕《すごうで》の浪人を雇って昼夜警戒していた。状況は似ている。

「いっそのこと、身内に引き入れようか……」

金五郎が呟《つぶや》くや否や、

「私は反対だな。くらまし屋を加えるのは」

と、それまで黙していた惣一郎が唐突に口を開いた。

「ほう。何故？」

金五郎がただでさえ細い目を、さらに糸のようにした。

「だって虚に加わったら戦えやしない」

「惣一郎、そこがあなたの悪いところです……まあよいでしょう、それは後にするとして」

金五郎は溜息を零し、己へと視線を戻した。

「ともかく菖蒲屋の痕跡から鑑《かんが》みるに、娘を連れ去ろうとした者は二人いる」

金五郎は頭が切れる。奉行所の目明しなどに鼻薬を嗅《か》がせて現場の様子を探り、推理したという。

「もう一人か？」

「ええ、炙り屋という男です」

聞いたことがある。その者は大金さえ払えば、どんな者でも炙り出す。つまりは見つけ出して始末するという。くらまし屋と対極にいるような裏稼業の者である。

「腕はいいか？」

「四三屋から派遣された凄腕《すごうで》を剣も抜かせず鏖《みなごろし》にしました。何より人を追う嗅覚と執念が凄《すさ》まじい。これは使えると思いましてな」

ともかく話は読めた。もう一人の新入りはその炙り屋を一味に加えるべく、迎えにいっているという訳だ。

「解った。ならばどちらかでいい」

「阿久多でいきますか。ここに呼びますので、着き次第、共に責め具を取って来て下さい」

「私じゃ駄目なんですか？　牢問役人の十や百くらい何ともありませんが」

不満げな惣一郎に対し、金五郎はゆっくり首を振った。

「あなたは暫《しば》し謹慎して頂く。我らの計画の大きさを解っていないようだ」

「私をのけ者に……？」

惣一郎がにこりと笑った時、男吏は総毛立った。惣一郎から殺気が立ち上っているのだ。

「脅しても駄目ですよ。九鬼と阿久多、二人を相手にして勝てるとでも？」

金五郎も怯《ひる》むことなく言い放つ。

「腕や脚の一、二本は失うかもしれませんが、多分殺れると思いますけど」

金五郎はこめかみを掻いた。

「私の申し方が悪かった。御館様より命じられてね。あなたにしか任せられない大きな仕事がある。沢山戦えることを保証しましょう」

「へえ。そう言うからには、十人くらいは獲物を頂けるんでしょうね」

「十どころか……場合によっては百も超えるかもしれません。その役目に当たれば、改めて我らの計画の大きさも思い出して頂けるかと」

金五郎は上手い。一度惣一郎を江戸から離して頭を冷やす時を与えたい。だがそれでは承知しないだろうと、このような役目を当てたのだろう。その役目というのも本当かどうか。男吏が疑っているのを察したようで、金五郎はこちらを見て付け加えた。

「嘘ではありません。ちと困っているのです」

「どこでだ？」

「我らの……夢の国ですよ」

金五郎がそう呼ぶ地を、男吏は未だ一度も踏んだことはない。その「夢の国」ならば、世間から恐れられ、蔑《さげす》まれた己の才を存分に振るえる。そう説かれて虚に身を投じた。そしてそれが実在することを疑ってはいない。

「惣一郎、そちらを頼む」

金五郎の想いを汲《く》んで、男吏も言った。

「男吏さんも頼むなら……まあ、私も一度行ってみたいと思っていましたし。いいですよ」

「東廻り航路の船が明後日に江戸湊《みなと》に着きます。それに乗って下さい」

惣一郎はひらひらと宙で手を回して了承した。金五郎は再び溜息を零す。何事も理詰めで考える金五郎にとって、この若者は最も扱いにくい相手なのだろう。男吏は二人を交互に見つつ、そのようなことを考えた。

「旦那様」

遠く呼ぶ声がする。ここの奉公人は皆、虚とは何の関わりもない真っ当な者たち。話している時は近づくなと厳命されており、急ぎの用があれば離れたところから声を掛ける。

「はいはい。入っていいよ」

襖が開くと番頭が屈んでいる。

「お話し中に申し訳ございません。実は呉服問屋の盆堂屋《ぼんどう》が、木綿を買い叩こうとしております。すぐに答えを出せ。出さぬと、他のところから買うと」

「それは困ったね。じゃあ、こう言ってくれるかい？」

番頭が頷くのを見届けると、金五郎は優しい顔で続けた。

「いずれ江戸の木綿は灰谷屋《はいたに》が一手に引き受けることになる。その時にほえ面をかいても知らないと。文句があるなら、この清吾郎《せいごろう》に直に言ってくれとも」

屋号は灰谷屋。表の名は清吾郎。今、飛ぶ鳥を落とす勢いで成長する木綿問屋の主人というのが、世に知られたこの男の顔である。

——清吾郎とはな。

表では金五郎と対《つい》になるような名を遣っていることに、何度聞いても苦笑してしまう。男吏は口元を手で隠しながら、先ほどまでとは別人のように穏やかな金五郎の顔を眺めた。

二

男吏は小伝馬町《こでんまちょう》の牢屋敷に一度も戻らず、灰谷屋に寄寓《きぐう》していた。すでに己が虚の一味だということは、幕府には知られていると考えている。

惣一郎が旅立ってから四日後の昼、灰谷屋に来客があった。阿久多である。男吏が寝起きしている部屋に、金五郎が連れて入って来た。

「初谷様、お久しぶり」

「ああ」

男吏は首だけを振って無愛想に返事をした。

「相変わらず、いい男だこと」

「阿久多、その話し振りはどうにかならんのか」

思わず舌打ちをしてしまった。

この男、女のような言葉つきで話すのだ。いや当人は、話し方だけでなく心も女だと言い張っている。

齢《よわい》は二十六というが、姓も名乗らず、阿久多という名も恐らく自ら称したものだろうから、まことか怪しいものである。躰《からだ》はそれこそ女のように細身であるが、身丈が五尺八寸（一七四センチ）とかなり高い。故に着物も本当は綺麗な振袖を着たいらしいが、それでは流石《さすが》に目立ちすぎるため、妥協してもっぱら女物の生地を使った着流し姿である。

「あら、恥ずかしがって」

阿久多は顔を覗《のぞ》き込みつつ、肩を人差し指で突《つつ》いた。病ではないかと疑うほどの白い肌、涼やかな切れ長の目。薄い唇には淡く紅まで引いている。そして、その唇の間から覗く歯には、べったりと鉄漿《おはぐろ》が塗られている。故に裏の道では、「鉄漿」阿久多などと呼ばれていた。

「黙れ。いつ見ても気分の悪い歯だ。夫がいる訳でもなし……ましてや貴様は男だ」

「私は『武』に嫁《とつ》いだの。何なら初谷様に嫁いであげてもいいわ」

「調子に乗るな。ばらすぞ」

「怒った顔も可愛らしい。私に勝てるはずないくせに」

「腕では敵《かな》わぬが、やりようはある」

男吏は薬にも精通している。痛みを敢えて消し去って、長く時間をかけて拷問を行い、見せることで恐怖を与えるのである。故に、実は本草学の権威である将翁を捕えたならば、様々な話を聞こうと楽しみにしていたのだ。

今、脳裏に思い描いたのは、何日にも亘《わた》って少しずつ食事に混ぜることによって、やがて効果を発揮する毒を用いるという方法である。

「私は初谷様にならば、腸《はらわた》を見せてもいいと思っていますわ」

阿久多は口に手を添え、ころころと娘のように笑った。

「阿久多、それくらいにしておやり。初谷様が困ってらっしゃる」

金五郎が窘《たしな》めて、阿久多はようやく腰を下ろした。嫋《たお》やかに座る脚だけをみれば、女のようである。

「いつやる」

男吏は低く、短く問うた。

「私はいつでも」

阿久多は嫣然《えんぜん》と微笑む。

「早いにこしたことはない。今宵がよいでしょう」

金五郎の一言で、短い打ち合わせは終わった。

その晩、男吏は灰谷屋を出た。夜だというのに菅笠《すげがさ》を深々と被り、行李《こうり》を背負っている。

月に霞《かすみ》が掛かっている。茫とした光が落ちる江戸の町を、一人で小伝馬町へと向かった。阿久多は遣う得物が特殊なため、現地で落ち合うことになっている。

牢屋敷に近づくと、辻からふらりと阿久多が姿を見せた。

「大層なものだ」

「持ち歩いているとすぐお縄になるから、昼のうちに隠しておかないと」

くすりと笑う阿久多は肩に槍を背負っている。長さは一間半（二七〇センチ）、穂先から枝刃《えだは》が出ている。いわゆる鎌槍であるが、通常と違うのは枝刃が鎌のように長く、極めて大きいということ。大鎌が主で穂先が添え物のようですらある。さらに石突《いしづき》が錐のように尖っている。これが阿久多の得物であった。

「では入る。頼むぞ」

「あら、頼まれた」

阿久多は嬉しそうにしながら男吏に張り付いた。牢屋敷内は水を打ったように静かである。

「案外、何もないんじゃない？」

少し拍子抜けしたように阿久多が耳元で囁《ささや》く。

「いや、来るだろうよ。臭う」

長年、人体に向き合っていて気が付いた。人は息を殺せば殺すほど独特な悪臭を放つものなのだ。

己に与えられた部屋に入ると、行李に手早く責め具の数々を詰め込んだ。蓋《ふた》をして再び背負った時、阿久多が小声で呟いた。

「来ているわね」

「ああ、元々ここを囲み、出たところを捕まえるつもりだったのだろう」

「もう……入口が狭い」

　阿久多は戸に手を掛けて文句を言いつつ、鎌槍を肩で水平に倒した。こやつの長物は室内には向かない。やはり惣一郎が適任だったか。これだけは済ませてから旅立たせればよかったと後悔した。

「大丈夫。少しお待ちを」

　こちらの懸念を察したかのように、阿久多はにたりと笑って勢いよく戸を開けた。

「初谷男吏、大人しく縄――ぎゃっ」

　繰り出した石突が男の喉を貫いている。

「あら、牢役人じゃないわ」

　阿久多は男を蹴り倒して外に踏み出した。複数の武士がいるのは解ったが、男吏の方からでは何人かは判らない。ただ牢役人でないことは解った。

「ひい、ふう、み……十一。思ったより少ない」

　阿久多が数え終えた時、白刃を振りかざして襲い掛かって来た。

「若年寄《わかどしより》支配の――」

「目付ね」

　旋風。

男吏の目にはそう映った。鎌槍が唸《うな》ったのである。両腕と首がまとめて落ちた。それを見た残りが悲鳴とも、雄叫びともつかぬ叫び声を上げる。

「斬れ、斬れ！」

鎌槍の穂先が真っすぐに腹を突き、くるりと錐のように捩《ねじ》くられた。抜いた時には鎌の位置が変わっており、そのまま薙ぎ払って同時に二人を斬りつけた。一人は腹を押さえながら地に倒れるが、もう一人は平然として向かっていった。

「着込みね」

阿久多は小馬鹿にしたように口角を上げた。鎖帷子《かたびら》を中に着込んでいるのである。一歩退がると同時、阿久多は槍を水車の如く縦に回した。

「ぐぎゃ」

男は蠅《はえ》が払われたかのように、後ろにふっ飛んだ。胸板を捉えたのだ。骨が粉砕されたに違いない。

「長柄だ。懐に入ってしまえばよい。同時にゆくぞ！」

武芸に心得があるのだろう。衆の中の一人が仲間に呼びかける。

「あら、怖い」

けたけたと笑って、阿久多は鎌槍を小脇に構え、両脚を交差させる独自の構えを見せた。

男の合図で四人が同時に斬りかかる。それと合わせて、阿久多の脚の捩《ねじ》りが解放され、鎌槍が唸りとともに振り抜かれた。先ほどよりもさらに速く、穂先を目で追えぬほどである。

「一人だけ」

阿久多が呟くのが聞こえた。三人は胴を薙ぎ払われて頽《くずお》れる。一人だけ懐に入った男が一太刀を見舞う。

しかし阿久多は首だけで難なく躱《かわ》すと、男の髻《もとどり》を摑んでぐいと引き寄せた。同時に柄に手を滑らせ、鎌槍を短く持ち直している。

「や、止めろ！」

「さようなら」

容赦なく鎌で首を掻っ切り、鮮血が噴き出す。すぐに手を離すが阿久多の顔にも血が飛び散っている。それを左手で拭うと、阿久多は蛇のように舌を伸ばして、ちろりと舐めた。

「お、おい……こんな……」

残りは三人。

刀を構える目付配下の手が小刻みに震えている。

「仲間を呼んでもよろしいのよ。ああ……呼子《よぶこ》を持っていないの」

阿久多は赤子をあやすような口振りで言う。

己に武芸の心得がないことを牢屋敷の者たちは知っている。十一人でも念を入れたほうで、まさか壊滅させられるとは夢にも思っていない。牢屋奉行から下役まで目付の手の者に任せ、屋敷の中で己の捕縛を安穏と待っているのだろう。

「刀を捨てて逃げるならば、それでもいいわ」

阿久多は鎌槍を肩に載せて薄っすらと笑みを浮かべた。ここが惣一郎と違うところである。惣一郎ならばいくら相手が己より劣ろうとも、

――学ぶことはあるのですよ。

などと、最後まで手を緩めることは無い。

一人が刀を放り出した途端、他の二人も操《あやつ》られたかのように同じ行動を取った。そして三人が我先にと逃げ出そうとする。その刹那、阿久多の口が柘榴《ざくろ》を割ったように開く。宙を舞った阿久多の鎌が旋回して、一人の首を落とす。胴は二、三歩動いて地に倒れた。その時には石突で二人目の背を貫いている。残り一人は驚きのあまり躓《つまず》いて前に倒れた。

「話が……違う……」

身を捻って哀願する男に、阿久多は冷酷に言い放った。

「それでもいいって言っただけ」

「そんな――」

穂先がすうっと心の蔵を貫いた。男は目に涙を湛《たた》えて顎を震わせるが、それもやがて止んだ。

「初谷様、行きましょうか」

阿久多は此方《こちら》を見て手招きした。

――胸糞悪い。

男吏は心中で唾棄《だき》した。だからこの男と組むのは嫌なのだ。真っ当な者から見れば己も、惣一郎も、この阿久多も一括りに極悪人に違いない。だが悪人にもそれぞれ流儀があると思っている。

人の躰に騙《だま》しは利《き》かない。一歩間違えば有益な情報を聞き出す前に絶命してしまう。かといって性根の据わっている者は、手緩《てぬる》ければ一向に口を開かない。そのぎりぎりの線を探る。そこで発される人の叫びこそ、

――美しき奏《かな》で、である。

と、男吏は考えていた。人体のすべてを見極めたい己、究極の技と立ち合いたい惣一郎、芯の部分で共鳴しているのだと思っている。

だが阿久多はそうではない。人の絶望を見るのがなによりの楽しみという男である。その為に嬉々《きき》として命を弄《もてあそ》ぶ。

「俺を斬るなよ」

阿久多は愉悦に浸り、恍惚《こうこつ》の表情でこちらを見つめている。正気を失っており、此方にまで斬りかかりかねない危うさがある。

「大丈夫。でも……初谷様はどんな絶望の顔を見せるのか、興味がありますわ」

男吏は鼻を鳴らして外に出た。

「もう見ている」

「え……？」

「俺はこの世に絶望したから、虚に入ったのだ」

阿久多は酔ったような溜息を吐く。

「行くぞ。騒ぎが収まれば、俺が捕まったと思って牢役人が来る」

「あい」

阿久多は甘たるく返事をする。

牢屋敷を出て暫《しばら》く歩いたところで、男吏は苦々しく言った。

「その得物、木戸番小屋で見咎められたらどうする」

「その時は……」

「別に帰る」

真っすぐ進む阿久多に対し、男吏は辻を折れた。

このような夜半、頬《ほお》に血の跡を点々と残して鎌槍を担いで歩く者など、人が見ればすぐ奉行所に駆け込むだろう。阿久多は切り抜けるかもしれないが、巻き込まれるのは御免である。

「もう……」

阿久多の恨めしそうな声を背に、男吏は菅笠をさらに目深に被り、江戸の闇へと身を溶かしていった。

第二章　土蔵の五人

一

今宵は空が厚い雲に覆《おお》われており、星月は見えない。今にも降り出しそうな生温い夜風が頬《ほお》を撫《な》で、提灯の灯りが妖《あや》しく揺れている。

芝口橋《しばぐち》を南に渡り、僅かに道が左に曲がる辺り。宇田川町《うだがわちょう》に差し掛かったところで壱助《いちすけ》は勢いよく振り返った。何か気配を感じたという訳ではない。

——癖が戻って来てやがる。

ここ数年で、すっかり鳴りを潜めた癖である。己でも気付かぬうちに心が張りつめているのだろう。壱助は小さく舌打ちし、再び前を向いて歩き始めた。

間もなく亥《い》の刻（午後十時）になるため、門前町のこの辺りには人通りは皆無。己の跫音《あしおと》以外、どこか物哀しい野良犬の遠吠えが時折聞こえるだけである。

〈この辺りのはず〉

金杉橋《かなすぎ》の手前を左に折れ、壱助は独り言《ご》ちた。

目指しているのは芝湊町《しばみなとちょう》、橋から数えて四つ目の土蔵。一つ、二つと心で数えながら歩を進める。どこかの商人の所有であろう。辿《たど》り着いたのは何の変哲も無い土蔵である。

今一度左右を確かめた上、戸を二度叩《たた》く。そして少し間を空けて再び三度叩いた。

――悪戯《いたずら》だったか。

そう思った矢先、中で物音がして戸がゆっくりと開いた。頬骨が挑発的に突き出しているのと対照的に、目は垂れて穏やかに見える。知っている顔である。

「伝……」

「壱助だ。名は？」

向こうが言いかけるのを制した。

「……和太郎《わたろう》」

「そうか」

和太郎の肩越しに中が窺《うかが》える。太い蠟燭《ろうそく》が数本、惜しげもなく使われており、土蔵の内は明るかった。和太郎は顎でしゃくって中へ促す。壱助が脚を踏み入れると、和太郎は周囲を覗《うかが》ってゆっくりと戸を閉めた。

土蔵の内部には樽《たる》が大量に並んでいる。僅かに酒精も香ることから、酒問屋の持ち物かもしれない。

「揃《そろ》ったようだな」

樽に片膝を立てて腰掛けていた男が言った。面長で通った鼻筋。凛々《りり》しく吊り上がった眉。まず美男だといえよう。他にあと二人いる。

一人はでっぷりと肥えた男。肌艶がよく若そうには見えるが、若禿《わかはげ》なのか苦しくも小さな髷《まげ》を結っており、地べたに胡坐《あぐら》を掻《か》いて樽にもたれ掛かっている。

残る最後の一人は、壁際に立っている背の高い男。髷を総髪に結っており、この男だけ大小を腰に差している。垢《あか》がこびりついているのか衣服に、鞣《なめ》した革のような鈍い光沢がある。いかにも尾羽打ち枯らした浪人という恰好である。だがその薄汚れた衣服の上からでも、躰《からだ》が引き締まっていることが見て取れた。

「さて……どうするか」

和太郎が中央に進み出て皆を見渡す。

「まず、名乗り合うのは如何《いかが》でしょう？」

肥えた男が頬を揺らして順に顔を覗《のぞ》く。

「どうせ皆、偽の名を使っているだろうが……」

瘦《や》せぎすの男が鼻先で笑う。

壱助も同じ考えであった。ここにいる者、全員が恐らく変名を名乗る。いや、正しくは「今の名」を、か。皆が過去と昔の名を捨てているだろうと思われる。

——和太郎とは、穏やかな名だ。

先ほど迎え入れられた時、内心でそう呟《つぶや》いていた。この男の元の名は蛇吉《へびきち》だと知っている。

壱助もそうである。先ほど蛇吉改め和太郎が、危うく呼びかけたのは己の昔の名の伝次郎《でんじろう》であった。

——あいつは目も合わしやがらねえ。

残りの三人の内、一人は見知った男である。こちらの正体に気付いてはいるだろうが、知らんふりを決め込んでいる。一方、残りの二人は初見であった。

「しかし、名が無いのでは呼びにくいな」

和太郎が苦い口調で零す。奥の吊り眉が樽からひょいと飛び降りた。

「いいだろう。俺は調べられたらすぐに判っちまう……名は、銀蔵《ぎんぞう》。役者だ」

「銀蔵というと……柏屋《かしわや》で売り出し中の」

太った男が目を見開く。

壱助も知っていた。

二代目市川團十郎《いちかわだんじゅうろう》の門人、市川雷蔵《らいぞう》の弟子として、昨今頭角を現し始めた人気の役者である。

「俺を知っているたあ、あんたなかなかの通だな」

銀蔵は頬を緩めて鼻を掻いた。

「私は南八丁堀《みなみはっちょうぼり》で骨董を商っている仁吉《にきち》という者です」

肥えた男も次いで名乗った。

「あっしは寄木細工職人をしている和太郎でさ」

「拙者は小野木右近《おのぎうこん》と申す。浪人をしている」

瘦せぎすの男も名乗り、残るは己ただ一人となった。皆の視線が一斉にこちらに集まる。

「深川《ふかがわ》で小料理屋の板場を預かっている壱助です」

役者、骨董屋、寄木細工職人、浪人、そして板前。傍《はた》から見たらどういった取り合わせかと首を捻《ひね》ることだろう。だが、この五人には確かに繫《つな》がりがあるからこそ、今晩ここに集まっているのだ。

「皆様も……やはり？」

仁吉が懐から一枚の文《ふみ》を取り出す。

「そうじゃなきゃ、こんな時間にここに集まるはずはねえ」

和太郎も同じく紙を取り出すと、壱助、右近、銀蔵の順に続いた。

「差出人は分からねえ。火盗改《かとうあらため》の罠《わな》ってことはねえよな？」

銀蔵は文を指で摘《つま》んでひらつかせた。

「それはあるまい。もしそうであれば、この土蔵はすでに取り囲まれているはず。しかし人の気配は無い」

右近が目を細めつつ首を捻る。

「罠じゃないのなら、まずはっきりさせたい……」

壱助はそこで言葉を切り、今一度四人の顔を順に見た。己も含めて三人までがそうなのだから、まず間違いないだろう。

「ここにいるのは、元鯎《かいらぎ》党で間違いないな」

声が微かに震えた。銘々がばらばらに頷《うなず》くことで、少しの安堵《あんど》を覚えた。

鯎党とはかつて江戸を荒らしまわった盗賊である。庶民は何でも三傑、四天王、五本などと数えることを好む。それは盗賊であっても例外ではなく、江戸三大盗賊の一つに数えられていた。

千羽《せんば》一家は盗んだ金を貧しい者に配る義侠心から「義の千羽」、鬼灯《ほおずき》組は盗まれたことすら気付かない手際の良さから「幻の鬼灯」と呼ばれていた。

では鯱党はどうか。その手法は他の二つの盗賊団よりも悽愴《せいそう》。押し込んだ屋敷、商家の者を皆殺しにして金品を強奪する。故に、

——恐の鯱。

と呼ばれ、江戸の庶民には、一等恐れられた存在であったのだ。

さらに鯱党は規模も他の二つよりも抜きん出ていた。頭《かしら》、副頭を中心に十の小頭。その組下に各二十人前後の実行役。事前に標的となる商家を探る嘗役《なめやく》と呼ばれる者が五、六人。最大時には総勢二百五十人を超えていた。

各組は頭、副頭の許しを得て、それぞれに押し込みを行う。年末に最も実入りの少なかった小頭は平に落とされるから、競うように勤めを果たす。故に各組、手の内を見せないどころか、小頭どうしさえ互いの顔を知らない場合もある。

壱助がこの中に二人知らない者がいるというのも当然である。

その鯱党の残党がこうして五人集まっている発端は、皆が手にしている文だった。

冒頭はこう始まる。

――八朔《はっさく》の日、亥の刻までに芝湊町、金杉橋から数えて四つ目の土蔵に一人で来い。さもなければ貴様らが、鯱党の生き残りであることを触れて回る。土蔵の塗りの箱の中に次の文がある。五人全員が揃ってから開けるべし。

「皆が同じ文のようだ」

それぞれの文を見比べながら和太郎が言った。文に書かれていた五人という数も符合する。

「そしてあれが塗りの箱という訳か」

入って来た時から目には入っていた。壱助は、樽の上に置かれた漆器を指差す。

「誰がこんなことを……」

仁吉の顔は真っ青だった。

「まあ、恐らくは副頭だろうな」

銀蔵が頭を掻き毟《むし》って舌打ちする。

「しかし……副頭は死んだはず……」

絶句する仁吉に対し、壱助は首を振った。

「副頭の骸《むくろ》を見た者はいない。やはり生きていたということだろう」

壱助が苦々しく言うと、皆の顔にさっと翳《かげ》が差すのが分かった。これが鰄党瓦解《がかい》のきっかけになった事件であることは、そこにいた者ならば誰でも知っていることなのだ。

二

今から三年前。鰄党は飛ぶ鳥を落とす勢いであった。だが絶頂期ほど、その立場を失うのではないかと猜疑《さいぎ》心が強くなるものらしい。頭は、副頭が己の地位を窺っているのではないかと疑い始めた。

ある日、頭は駿河《するが》の勤めで苦戦している組があるので、助けにいってやって欲しいと副頭に頼んだ。その途中、箱根山《はこねやま》で股肱《ここう》の者に襲わせたのだ。背中に一太刀浴びせられ、副頭は後ずさりして足を滑らせ転落。絶壁に強く躰を打ち付けて、下を流れる川に落ちた。刺客はどう考えても助かるまいと判断した。頭はそこで手を緩めなかった。さらに副頭が駒込《こまごめ》に住まわせていた、妻や子まで殺す徹底ぶりである。

僅か一月《ひとつき》後、頭は妾《めかけ》の家にいるところを何者かに襲われて果てた。その時も副頭が生きていて、怨《うら》みを晴らしにきたという噂が流れた。しかし仮に生きていたとしても大怪我を負っているはず。一月で完治して頭を狙うのは有り得ない。下手人は誰かと様々に憶測されたが、真相は解らぬままであった。

頭と副頭が相次いで消えたこと。各組が独自に動いていたことが鯱党の不幸であった。

――それぞれでやったほうが実入りがいい。

新たな頭を選出するという発想はなく、各小頭たちは欲に駆られ、それぞれが独立した盗賊団になった。

だが今までは頭や副頭が、計画の手直しをしており、それによって窮地を逃れたことが何度もある。今後を不安に思って、半数近くの者は足を洗った。盗みで得た金を元手に堅気の仕事を始めた者もいたという。

だが壱助は得た金のほとんどを酒と博打《ばくち》に使い、纏《まと》まった金は残っていなかった。

壱助にはお種《たね》という女がいた。鋳物を扱う商家に嫁いだが、子が出来ずに出戻りとなった女である。お種に盗賊稼業のことは語っておらず、ただ仕事が無くなったとだけ告げていた。

「壱助さん、板前になる気はない？」

壱助は盗賊に身を落とす前は、料理茶屋で包丁を握っていた。お種はそれを知っていて、顔馴染みである深川の小料理屋「井原《いはら》」の主人が、新たに板前を募っている話を持ち込んだのだ。

「そうだなあ……やってみるか」

多くの者を殺めて来た。初めこそ良心の呵責《かしやく》に苛《さいな》まれたが、人は良くも悪くも慣れる生き物らしい。盗賊稼業が長くなるうちに、何も感じなくなっていた。慣れた稼業ではあったが、壱助はもう齢《よわい》三十になっており、今更他の盗賊の組に入って一からのし上がるのも気が重い。心機一転、足を洗う気になったのだ。

僅か三年。壱助の料理の腕はめきめきと上がり、井原に欠かせない板前になっていた。そこへ飛脚が一通の文を届けたのは、今から十日前のことである。それがこの奇妙な邂逅《かいこう》の始まりだ。

集まった者、皆が顔を青くしている。それぞれの道を歩み始めて三年、過去の悪事をばらされたのでは堪《たま》ったものではない。

「鯱党の生き残りは他にもいる。何故、私たちが？」

仁吉が恐る恐る尋ねる。

「脅し甲斐のある者を選んだってことは？」

壱助は顎に手を添えながら呟く。足を洗っても、まともな暮らしを送れている者ばかりではない。だが、ここにいる者は、失うことを恐れる暮らしがあるのではないか。

まず壱助は、鯱党瓦解からこれまでの簡単な経緯を語り、皆にも説明を求めた。

「私は一味にいる時に物を見る目が肥えたので、こつこつ貯めていた金を元手に骨董の店を」

仁吉は手ぶりを交えながら語る。

「俺は元々、柏屋に忍び込んでいた」

銀蔵は鯱党が瓦解する一年前から、嘗役として柏屋に潜入していた。もともと端整な顔立ちで役者向きだったのだろう。今後の身の振り方を考えようとした時、当たり役に恵まれてそのままそれが本業になったという。

「あっしはこれでしたから、手先が器用でね。故に職人に」

和太郎は人差し指を曲げて見せた。錠前破りを行っていたということである。

「拙者は未だ完全に足を洗ったとは言えぬ。口入れ屋から用心棒の勤めを……時には悪党を守ることもある。暮らしが安定しているということもない」

右近の身形《みなり》からすれば確かに裕福とは思えない。しかも用心棒ならば脅されて困《こう》ずることもなさそうである。壱助の推理は外れたということになる。

「ともかく揃ったことだし、開けちまうか？」

「そうですね」

銀蔵が提案し、和太郎もすぐ同調して漆器に近づく。

「本当にありましたよ」

和太郎が紙で包まれた文を取り出し、それを開いていく。仁吉が真っ先に近づき、他の三人も集まって文を覗き込む。

「何と」

「これは……」

壱助は思わず声を漏らした。冒頭はこうである。

――頭の隠し金一万両を見つけ、半分を差し出せ。

「一万両……」

あまりの大金に銀蔵が唇を震わせた。

「そんなものが本当にあるので？」

和太郎がこちらをちらりと見るので、壱助は視線を逸らす。実はこの和太郎、蛇吉と呼ばれていた頃は己の配下だったのである。故にその頃の癖でこちらを覗ったのだろう。

「各組の得た金の三割が上納されていた。それくらい溜め込んでいてもおかしくないかも……」

仁吉は、視線を上にやって指を繰っている。

「いよいよ副頭が生きているってことか……」

銀蔵が身を乗り出した。生きていて復讐を遂げたはいいが、女房子どもも、築き上げた財産も奪われた。そこで今になって金だけでも取り返そうとしていると考えるのが、最も妥当な線だろう。

「半分というところが味噌《みそ》だ。我らにも旨味がある」

右近が言うと皆が頷く。どの者も目の色が変わっている。半分を差し出したとして、まだ五千両が残る。これを五人で分けても一人千両。無駄遣いしなければ一生食っていける額だ。

「だがそんなものどこに？　誰か隠し場所を知っているので？」

立て続けに問いかけて、仁吉は皆の顔を覗いた。壱助は少なくとも知らないし、隠し金のこと自体、初耳である。他の者も首を横に振った。

「ここに書いてあります！」

文の続きを開いた和太郎が声を大きくした。全員の視線が再び文に集まる。

「なになに……頭の隠し金について唯一知る者あり。その者は極めて用心深いため、必ず一人で近づくべし……」

右近は、低い声で淡々と読み上げる。

「その者を締め上げて隠し金の在処《ありか》を吐かせよ。その後、神無月《かんなづき》（十月）朔日までに金を見つけて、五千両をこの蔵に運べ……」

引き取って読む仁吉の声から震えが消えている。恐れよりも欲心が勝っているようだ。

「さもないと、盗賊の残党だということを火盗改に告げ、世間に触れて回る……おいおい、後二月しかないぞ」

銀蔵が血相を変えて下唇を噛みしめる。

「隠し金の在処を知る者は誰だ」

壱助が急かすと、和太郎は慌てて文の残りを開いた。壱助はそこに書かれていた文字を目でなぞり、思わず口から声が零れ出た。

「くらまし屋……」

図らずも、この場にいる全ての者の声が重なった。その響きは土蔵の中に重々しく広がる。吐息がそうした訳ではあるまいが、皆の顔を照らす蠟燭の灯りが大きく揺らめいた。

三

目黒の五百羅漢寺に行った翌日の昼過ぎ、平九郎《へいくろう》は依頼主に会うために町に出た。今日は羽織袴姿。腰に両刀を手挟み、菅笠《すげがさ》を目深に被っている。どこかの藩の江戸詰めのように見えるに違いない。

この道の達人である赤也《あかや》からは、いつも変装が甘いと小言を食うが、この恰好ばかりは自信がある。かつて己は主君に仕える武士であり、元の姿に戻ったに過ぎないのだ。

——依頼主は南大工町《みなみだいくちょう》で寄木細工職人をしている和太郎。

と、いう者である。くらまし屋に頼む訳などは、全て直接会って聞き出す。これは依頼人が信用に足るかどうか、この目で確かめるためでもある。

南大工町と桶町《おけちょう》の境に一軒の茶屋があった。軒先に「白子屋《しらこ》」と屋号の書かれた看板が吊り下がっている。

平九郎はふらりと入ると、茶と団子を注文した。すでに香ばしい匂いが立ち込めている。腰の刀を抜いて、菅笠を取り、暫し往来を眺めて待っていると、肉置《ししお》き豊かな女将《おかみ》らしき女が盆に載せて運んで来た。醤油を塗って焼き上げた香ばしい団子である。よい塩梅に焦げ目がついている。

「旨そうだ」

「うちはこれが人気なんですよ」

団子を毟るように頬張った。

「うむ、やはり旨い」

「それはようございました」

褒めると、女将は誇らしげに笑った。

「そういえば女将、少し道を尋ねてもよいか？　和太郎という寄木細工職人の住まいだが……」

「ああ、和太郎さんね。知っていますよ。この二本先の筋を曲がったところですね」

「長屋か？」

女将は目の前で手をはたはたと横に振った。

「違いますよ。工房と一緒になった立派なお宅です」

「へえ……私もよく知らないのだ。御家老の遣いでね」

女将は道理で、と頷いた。

「それにしても、職人にしては羽振りのよいことだ」

「寄木細工が盛んな小田原《おだわら》で随分と稼いだらしいですよ。それを元手に、江戸でも一旗揚げようと出てきたんですって」

「どれくらい前の話だ？」

「えーと……あんた！　ちょっと！」

奥に呼びかけると、女将とは対照的に、線の細い気の弱そうな男が手拭いを使いながら現れる。こちらが主人という訳だ。

「どうしたんだい？」

「こちらのお武家様がね……」

女将が要点を告げると、主人は少し考えて口を開いた。

「確か三年前だったはずだよ」

「ということです」

二人のやり取りが微笑《ほほえ》ましく、平九郎は口元を綻ばせた。

「和太郎に土産《みやげ》を買っていくとするよ。団子を包んでくれないか？」

「へい。何本にしましょう？」

主人が首を傾けて尋ねる。

「和太郎に家族は……」

「へい。かみさんと、二つになる坊主《ぼうず》が一人」

「じゃあ十本ほど」

主人は軽く頭を下げると団子を作りに中に戻っていった。

「二つってことは……江戸で生まれた子だな」

「そうそう。まだこんな小さな坊ですよ」

女将は、己の膝の位置ほどに手をやって笑う。

「そうか。ありがとう。勘定を渡しておく」

平九郎は財布から小粒を取り出して渡した。

「お武家様、多すぎますよ」

「ほんの少しだけだ。手を止めさせた礼さ。それに団子は本当に旨かった」

平九郎が片眉を上げると、女将は深々と礼をして主人を手伝いに奥に入った。

——聞く限りは幸せそうだが……。

いつもいきなり面会する訳ではなく、このように出来得る限りの下調べをする。江戸で裏稼業に手を染めてまだ三年ほどだが、その間に数十の依頼を受けてきた。己を怨む者は両手では足りないだろう。長く勤めをすればするほど、罠《わな》の類《たぐい》にも気を配らねばならない。

「硬くなっちまったら、火で炙《あぶ》って下さい」

そうこうしているうちに、主人が団子を焼き上げ、竹皮に包んで持ってきてくれた。菅笠の紐《ひも》を結ぶと、刀を再び腰に捻じ込んだ。

「ありがとう。また来るよ」

包みを手に茶屋を出ると、平九郎は女将から聞いた通りに道を進む。

――さて、どうするか。

和太郎と接触して二人きりで話さねばならない。

市井《しせい》にくらまし屋の噂は広まっている。むしろ平九郎らが積極的に広めたのだ。そうでなくては依頼しようとする者も現れない。嘘か真かも解らずに人々の噂話に上るくらいが丁度いい。だがその代償として、悪戯《いたずら》で嘘の依頼をして来る者も一時期増えた。そのような手合いには、

「次は無い。覚悟も決めずに依頼すれば死ぬことになる」

と、脅して去らせた。そのこともまた噂となり、遊び半分の依頼は減っているが、まだたまに混じっていることもあるのだ。己たちが「勤め」と呼ぶ裏稼業は、まずそれを確かめることから始まる。

——忍び込むのは厳しいな。

和太郎のものと思《おぼ》しき家の前を通り過ぎながら考えた。武家屋敷ならば広大なため、却って誰にも気づかれず本人の寝所まで忍び込みやすい。

職人で家を持っているとは珍しいが、見たところ小さな商家ほどの大きさ。妻子に気付かれずに入るのは難しい。自身の安全を確保するためもあるが、それ以上に、和太郎の依頼が真であった場合、妻子には一切勘付かれてはならない。それが和太郎の願いであろうし、巡り巡って妻子のためにもなると信じている。

「さて……」

お春《はる》や将翁《しょうおう》などは、依頼人がすでに閉じ込められたり、監視されているという状態であったが、和太郎の場合、その様子は無い。となると正攻法が望ましく、これは赤也が適任である。

毎日のように波積《はづみ》屋に顔を出す赤也だが、まだ少し時が早い。平九郎は下見を切り上げると、己の住む長屋に戻ろうと辻を折れた。

四

平九郎の住む長屋は日本橋弥兵衛町《にほんばしやへえちょう》にある。二棟が連なった棟割長屋で、借店《かりだな》の数は十六。路地の真ん中に小さな井戸があって、そこで洗濯などの水仕事が出来る。

　菅笠を深々と被り直し、長屋の前から木戸の奥を覗った。人気が無いことを確かめると、足早にどぶ板を踏んで進んで行く。そこで今一度振り返り、戸を素早く開けて中に入った。何故このように人目を避けるかというと、この長屋に住まう全ての者が、平九郎のことを、

　――元浪人の気のいい飴細工《あめざいく》職人。

　だと信じ込んでいるからである。

　今日は羽織袴のどこぞの江戸詰め藩士という恰好。さらに両刀は捨てたと言っており、差した姿を見られる訳にはいかないのだ。変装するために少し離れた長屋を借りようかと思ったが、今度はそちらでは浪人だと偽らねばならず、飴細工師の恰好で出ればこれはまた怪しまれる。結局のところこうしているのが最良という結論に至った。

「ふう……」

　平九郎は一息つくと、町人の姿になろうと着替え始めた。

「平さん、帰っているかい？」

　外で呼ぶ声が聞こえて、慌ててまずは刀を抜いた。この声は大家の藤助《ふじすけ》である。歳は四十半ば、店子が困れば世話ばかりやいている人の好《よ》い男である。それに付け込ま

れて、店賃を踏み倒されたことも一度や二度ではない。

「藤助さん！　今、下帯一丁なんだ」

「気にしないさ。開けるよ」

夏場になると下帯一枚の男が、軒先で団扇《うちわ》を使う光景など珍しくもなんともない。藤助がそう言うのも無理はないことだ。藤助が手を掛け、戸が開きかける。咄嗟《とっさ》に平九郎は声を上げた。

「待ってくれ！」

「え……？　まさか平さん、何か危ないものでも……」

「……油虫が出て、今、戸のところに追い詰めているんだ」

「なるほど」

苦し紛れの言い訳だったが、藤助は納得の声を上げる。

——どうにかせねばなるまいな。

正体が露見する危険は勤めの最中でなく、案外このような日常に潜んでいるのかもしれない。今後、何か手を打つ必要があるだろう。

平九郎はそのようことを考えながら、大急ぎで町人の恰好に着替えると、戸を開けた。小さく円を描いて歩き回っていた藤助が振り向く。

「お、油虫は始末できたかい？」

「上手くいった。お騒がせしたね」

「ところで平さん、何故部屋の中で菅笠を……」

「あ……」

己は医者や神官と同じ総髪。武士に化ける時は菅笠をかぶっている。勿論これには「飴　五文」の二文字は書かれていない。急いでいたあまり、その菅笠を被ったまま顔を出してしまったのだ。

「これは、蒸らしているんだ」

「蒸らす？」

藤助は眉を寄せて首を捻った。

「額の産毛を剃《そ》ろうと思ってさ。蒸らすと毛が立って剃りやすい」

「なるほど。そうかもしれないね」

これも厳しい言い訳だと思ったが、そもそも藤助は人を疑う性質ではなく、素直に納得してくれた。

「どうしたんだい？」

外に踏み出し、今度はこちらから訊いた。

藤助はその人の好さから、厄介事に巻き込まれることも多い。そんな時は決まって己に相談して来るのだ。今回もその類だと思われた。

「折り入って、頼みたいことがあるんだ」

「頼みたいこと？」

平九郎が鸚鵡《おうむ》返しに訊き返すと、藤助は眉間《みけん》に小さな皺《しわ》を作って頷いた。

「知り合いの大家が困っていてね」

藤助が語るにはこうである。藤助は二月に一度、十人ほどの大家の寄り合いに出掛けているという。初めは二人で酒を酌《く》み交わしたのが、一人、また一人と加わって大所帯となった。情報を交換することを名目としているが、実際のところ宴会の域は出ない気楽な集まりらしい。

中でも仲のよい佐柄木町《さえきちよう》で長屋の大家をしている菊平衛《きくべえ》という男がいる。この男が奇怪な出来事に遭遇したというのだ。

「店子の浪人さんがね。狐に憑《つ》かれたようだと」

平九郎は思わず噴き出しそうになったが、藤助はいたって真面目顔。笑っては悪いと頬を引き締めて訊いた。

「まずその浪人について教えておくれ」

「解った」

藤助の顔が明るくなり、事の始まりから詳《つまび》らかに話し始めた。

その浪人は美濃《みの》岩村《いわむら》藩に仕えていた家筋だというが、父の代に諍《いさか》いに巻き込まれて放逐《ほうちく》された。親子で諸国を回って仕官の口を探していたが、父が病で倒れて帰らぬ人となった。浪人は独りになったことで、江戸に腰を据えて仕官の伝手《つて》を求めることにした。そこで菊平衛の長屋に住まわせて欲しいと頼んできたというのだ。

「よく住まわせたね」

平九郎は小さく溜息を零した。

近頃、江戸の治安は悪化の一途を辿っている。店賃の踏み倒しなどは日常茶飯事で、そのために請《う》け人がいないと容易く受け入れたりしない。武士ならばそのような恥曝《はじさら》しなことはしないというのは間違いで、むしろ武士のほうが身分を笠に着て堂々と踏み倒すものである。

「長い浪人暮らしの割に、明るい御方だったらしくてね」

浪人は亡き父のためにも必ず仕官口を見つける。それまでは日雇いで銭を稼ぐと揚々と語っており、菊平衛はその境遇と前向きささを買って、己の長屋に住まわせたそうだ。底抜けに気がいい藤助と意気投合するのも何となく解る話である。

「仕官はなかなか厳しいだろうね」

どこの藩も財政難に陥っている。仕官がそう簡単なはずはない。

「そうだね。三年経ったが、まだ仕官先は見つからず……それでも店賃が滞《とどこお》ったことは無かったらしい」

浪人と菊平衛は顔を合わせたら、世間話をする間柄になったという。平九郎と藤助の関係に似たようなものであろう。

浪人は日雇いに出る時、いつも菅笠をかぶって出掛けていた。浪人といえども武士の端くれ。日雇い仕事を求めて口入れ屋に通うのは外聞が悪い。そのために顔を隠したかったらしい。

——敵《かたき》持ちじゃないか。

そこまで聞いた時、平九郎の頭にそのことが過《よぎ》った。今の世で仕官が難しいことは誰でも知っている。そもそも浪人も仕官など望んでおらず、その日暮らしが出来ればよいと考えていたのではないか。父が病で死んだこと、美濃岩村藩の出身というのも疑わしい。

だが腑《ふ》に落ちないのは、その浪人が至極明るい男であるということ。平九郎も裏稼業に手を染めてより、数多くの敵持ちを見て来たが、どの者の顔にも一様に翳《かげ》がある。

「で、その浪人が狐に？」

平九郎は怪しんでいる素振りを見せず、話の続きを促した。

「二十日ほど前の話さ」

菊平衛が己の長屋を見にいったところ、いつものように菅笠を目深にかぶり長屋から出て来る浪人を見かけた。菊平衛は声を掛けたのだが、反応がない。聞こえていないのかと思い、再度呼びかけたが結果は同じであった。菊平衛に背を向け、つかつかと歩んでいく。何か気落ちすることがあったのかと、菊平衛は小走りで近づいて三度名を呼んだ。すると、ようやく浪人がちらりと振り返ったという。

「目が微《かす》かに見えたが、いつもと違っていたらしいんだ」

藤助は話していて、自分でも恐ろしくなったか両肩を抱いた。

「人違いってことはないのか？」

「いいや。そんなことはないだろうさ」

浪人暮らしのため多くの着物を持っていない。その時に菊平衛が見た着物も、よく見慣れたものであった。何より貸している借店から出てきたのだから間違いないと言う。

「それで浪人は？」

「それが……行方が解らないらしい」

菊平衛は戻った時に問いただそうと思っていたらしいが、今でも浪人は戻らないというのだ。これまでに長期の仕事が決まったといって、一月ほど借店を空けることはあった。故に菊平衛も初めはそう思うようにしたが、やはりあの時のことが気になる。

あの目はまさしく狐に憑かれているようだった。意識の無いまま、ふらふらと歩きまわっているのではないか。菊平衛は心配して夜も眠れぬ日々が続き、寄り合いの席で藤助に相談したという次第である。

「話は分かった。で、俺は何をすれば……」

藤助は折り入って頼みがあると言っていた。己の裏稼業を知っているならばともかく、藤助は一介の飴細工師と思っている。出来そうなことが思い当たらなかった。

「菊平衛の長屋の前で店を出してくれないかい？」

「なるほど。見張りって訳か」

菊平衛は気になって日に何度も長屋を見に行っているらしい。しかしそればかりしている訳にもいかない。菊平衛がいない間に、浪人が戻って来ているのではと考えた。

「縁日の売り上げに足りない分は、菊平衛が出すと言っている。どうだろう？」

「その菊平衛さんって方も、藤助さんに負けず劣らずのお人よしだ」

平九郎は呆れて苦笑してしまった。

「店子は本当の子のように思う。これが大家としてやっていく一番の秘訣なのだよ」

平九郎は感心して目を丸くした。言われてみればそうかもしれない。藤助の長屋は居心地がよく、他に移ろうとは思わない。仮に致し方ない訳で引っ越す者がいたとしても、この長屋の評判を聞きつけてすぐに店子が入ってくるだろう。良くも悪くも噂というものはよく広がるのだ。

「解った。ただ今は世話になっている社に、縁日に出て欲しいと頼まれているんだ。それが終わったら、藤助さんの力になると約束するよ」

「仕方ない。そっちにも義理があるだろうからね。待つとするよ」

「そんなに長くはならないと思う。悪いね」

今回の和太郎の依頼、大掛かりな仕掛けは必要なかろう。晦《くら》ました後、密約を交わしている甲斐《かい》の村に住みたいと申し出たとしても、赤也に送らせればよい。そう頭の中で計算した。

「ところでその浪人の名は？」

それだけでも先に聞いておこうと思った。裏稼業をしていれば、予期せぬところで小耳に挟むこともあるのだ。

「小野木右近という御方だそうだ」

「解った。頭に入れておく」

平九郎は己のこめかみを指差して微笑んだ。

「平さん、頼むよ」

藤助は頭を下げて去っていった。それを見送ると戸を閉めて菅笠を取る。髷を結い直している間、先ほどの藤助の話を思い起こした。

――まさかその浪人、虚《うつろ》ではあるまいな。

高尾山で火花を散らした男たちである。その記憶はあまりに鮮烈で、躰は無意識に強張り、心の中の言葉まで武士のものに立ち戻ってしまう。

一人は初谷男吏《はつがやだんり》。表の世で生きる役人が虚に加わっていた。もっとも男吏は牢問役人で、表にありながら最も裏に近しい存在とは言える。

高尾山から帰ってすぐ、平九郎は裏の人材も扱う口入れ屋「四三屋《よみや》」を訪ね、元盗賊の嘗役という男を雇った。小伝馬町牢屋敷の者たちは男吏を忌み嫌っていたようで、その身の心配よりも、出奔して己たちに累が及ばないかということを危惧《きぐ》していたらしい。

陸奥《むつ》から戻った平九郎は、元嘗役の男から衝撃の事実を告げられた。

「小伝馬町牢屋敷が襲撃されました……」

と、いうものである。

平九郎が旅立って十日ほど経った日の夜半、ふらりと男吏が牢屋敷に戻って来たという。行李《こうり》を背負っており、何かを運んで来た。もしくは何かを回収しにきたのではないか。

男吏は独りではなく仲間を連れていたという。そのもう一人は凄まじい殺気を放っており、元嘗役も離れた辻から一、二度顔を出して姿を見るのがやっとだったと語った。

二人が牢屋敷に入っていって間もなく、中から何度も絶叫が上がった。それから暫くして二人が出て来た。遠目に見る限り、足取りもしっかりしており、無傷のように見えたという。

「あっしも長年、裏稼業に身を置いていますがね。あんな奴らにかかわるのは二度とごめんさ。尾行なんて出来るようなたまじゃねえ。不満があるなら金は返すよ」

元嘗役は思い出して顔を青くしながら言った。もう一人のことを尋ねたが、遠い上に夜だったこともあり、容姿は疎《おろ》か上背さえもはきとしない。ただどうやら槍のような長物を持っていたことは確からしい。後に聞いたことだが、当日の牢屋敷には若年寄支配の目付が十一人おり、全て無残に斬殺されていたらしい。

——あの若侍か……。

邂逅したもう一人の虚の男。榊惣一郎《さかきそういちろう》と名乗っていた。

初めの一合で徒《ただ》ならぬ剣客だと気付いたが、刃を交えるほどに強くなっていった。仕留めるつもりで繰り出した、井蛙《せいあ》流の奥義の一つである「嵩《かさね》」さえも受け止められた。

これほどのことを成し得るのは、惣一郎だと見て間違いなかろう。ただ長物を持っていたというのが些《いささ》か気になる。長物の扱いにも長《た》けているのかもしれないが、あれほどの剣術を遣うならば、屋内で戦うかもしれぬことを考えて剣を選びそうなものである。

ともかく、あそこまで己が追い詰められたのは、他には炙り屋こと万木《ゆるぎ》迅十郎《じんじゅうろう》だけである。次に戦えば命を落とさぬ保証は無い。

——さらに技が必要だ。

井蛙流は一度見た技をこの身に宿すというもの。惣一郎を打ち破るには、より多くの技が必要である。しかも秘伝とされ、世間に知られていない技がなおよい。初見の技ならば意表を衝くことが出来るだろう。

だがそれが存外難しい。そのような秘伝を持つ流派は、術者が他国に出ることも許されぬ場合が多い。この目に焼き付けるためには、こちらから諸国を回らねばならない。

加えてもう一つ。それが剣を遣う者でなくては意味がない。惣一郎の前に倒した漣《れん》月《げつ》という男。あの者も秘技を用いた。しかし得物は見たこともない鎖飛輪《くさりひりん》であった。鍛冶屋に作らせたところで、持ち歩くのには無理がある。

「師匠がいればな……」

思わず口から零れ出た。平九郎に井蛙流を授けた男。その身に千を超える技を宿していると豪放に笑っていた。それは些か誇張にせよ、平九郎よりも遥かに多くを身に付けているのは間違いない。当時の平九郎はまだ「盗む目」も、「宿す躰」も出来ておらず、師匠から直接受け取った技は吉岡《よしおか》流など二十余で精一杯だった。今ならば、もっと多くを受け取ることが出来るだろう。

しかし師とは二十歳の頃、故郷である肥後《ひご》人吉《ひとよし》で別れてから一度も会ってはいない。今では齢は四十五を超えているはず。しかしとても一所に留まる男に思えないため、今もきっと諸国を放浪しているに違いない。

「それも捜すか」

畳の上に置いた両刀を見つめながら、平九郎はぽつんと呟いた。

五

堀江町《ほりえちょう》二丁目にある居酒屋、「波積屋」に到着したのは酉の刻（午後六時）。すでに店の中からは賑《にぎ》やかな酔客の声が聞こえている。

平九郎が暖簾を腕で持ち上げると、すぐそこに給仕に走り回っているお春がおり、目が合った。

「あ、平さん！」

「おう、お春。忙しそうだな」

「新材木町《しんざいもくちょう》の景気がいいみたい」

波積屋から少し北に進んで、和国橋《わくにばし》を越えたところの町である。その名の通り材木問屋が建ち並んでおり、若い人足が多く使われている。彼らのあいだで波積屋は安くて旨いと評判で、客の大半を占めるようになっている。

「平さん、いらっしゃい」

忙しそうに包丁を振るいながら茂吉《もきち》も迎えてくれた。

「奥の小上がりを片付けるから、少し待ってね」

七瀬《ななせ》が声を掛けてきた。こちらも忙しそうに酒を運んでいる。

先の客の酒器や皿がまだ片付けられていない。今日は余程、忙しいのだろう。平九郎は奥の小上がりに腰を下ろすと、自ら皿を重ねて酒器を纏《まと》め始めた。

「ありがとう」

お春が慌てて小上がりまで来る。

「持てるか？　何なら俺が……」

「大丈夫。平さん、注文は？」

お春は笑顔で皿を受け取りつつ、尋ねてきた。

「酒を。肴《さかな》は落ち着いてからでいい」

平九郎は壁にもたれると、懐《ふところ》から文を取り出した。背後から覗かれる心配も無い。そもそも客は皆すでに陽気に出来上がっており、中には顔を真っ赤に染めて高笑いしている者もいる。

「はい、お酒」

「すまないな。お春にも言ったが、肴は後でいいよ」

しかし七瀬はその場から離れようとしない。視線は己の手許に注がれている。

「後で」

平九郎は頷いて見せた。

「赤也は？」

赤也は毎日のように波積屋に来ているが、今日はまだ姿を見せていない。

「どうせ博打。そのうち来るでしょう」

素っ気なく言って仕事に戻る七瀬の背を見送り、平九郎は苦笑しつつ手酌で酒を注いだ。少しずつ酒で喉を潤していると、暖簾を跳ね飛ばす勢いで赤也が入って来た。

「あ、平さん！　聞いてくれよ！」

「おう、藪《やぶ》から棒に何だ」

「どうもこうもねえよ……」

赤也は頭を掻き毟りながら小上がりに向かってくる。

「いやに荒れているじゃねえか。博打か？」

平九郎はもう一つ盃を頼むと、向かいにどかっと腰を下ろす赤也に尋ねた。

「よく解ったね」

「解るわよ、そりゃ」

近くを通った七瀬がちくりと言い、平九郎は苦笑した。

「負けたか」

「ああ、素寒貧《すかんぴん》さ」

「じゃあ、ここに来ちゃいけないんじゃあ……」

次に口を挟んだのは、ちょこちょこと忙しく動き回るお春。

「お春、そうつれないことを言うなって……つけでだな」

「二分くらい溜まってるよ」

「勤めが決まれば、一気に返すから」

赤也は拝むようにして片目を瞑《つぶ》った。

「今日は俺が出すさ」

「流石、平さん」

赤也はぱっと喜色を浮かべるが、板場に入った七瀬が釘を刺す。

「あんまり赤也を甘やかさないでね」

「地獄耳かよ……」

「何か？」

「いや、何でもない」

いつもの見慣れた光景に、平九郎はふっと心が緩むのを感じた。

「博打、止《や》めたらどうだ？」

平九郎は銚子を片手に酒を勧めながら言った。

「こればっかりはねえ……」

「昔からか？」

ふと気になって尋ねる。出逢った頃、すでに赤也は大の博打好きであった。

「まあね。十四、五の頃からじゃねえかな」

「よく見つからなかったな」

「だって賭場に行く時はこれだぜ？」

赤也は盃を片手にちょいと己の鼻を指差した。

「なるほど。確かにそうだ」

赤也の来し方を知っていれば納得出来ることなのだ。そのことを思い出し、平九郎は少し迷いつつも、盃を口に運びながら尋ねた。

「弟は上手くやっているのか？」

「ああ、そのようだぜ。もともと才はあちらが上。あと数年もすりゃ、俺以上になるだろうよ」

「お前……」

「いいや。遠目に見るだけさ。捨てた過去は取り戻さない。それが掟《おきて》のはずだろう？」

元はというと、赤也は平九郎が江戸に出て間もない頃の「客」である。当時はまだ甲斐の村とも契約しておらず、逃げる先のことまでは面倒を見ていなかった。晦まし終えた後に赤也が、

——俺もくらまし屋になるってのはどうだい？

と、提案してきたのだ。赤也は変装が巧みなだけでなく、声色も自在に変えられる。足を引っ張るどころか、大掛かりな依頼も受けられるだろうと考え、平九郎は了承した。

「お前はもう客じゃねえ。会ったたって、構いやしねえよ」

「たとえそうでも、会う気はねえさ」

赤也はそう言うと一気に酒を呑み干した。当人が決めたことならば、平九郎としては、これ以上何も言うことも無い。

同じくらまし屋稼業でも、己と赤也や七瀬は目的が全く異なる。赤也は己が食っていくため、そして博打に使える大金を稼ぐためというのが大きい。七瀬は金にあまり頓着が無い。己と同じように進みたい道に進めぬ境遇の者を手助けしたいと、何時《いつ》の日か言っていたことを覚えている。二人とも昔の暮らしには戻るつもりがないというのは共通している。

だが一方の平九郎は、

――昔の暮らしを取り戻す。

そのためにこの稼業に手を染めているのだ。己は目的を達したら足を洗うつもりでいる。その時に二人はまだ稼業を続けるのだろうか。そのようなことを考えていた時、七瀬が盆に載せて料理を運んできた。

「今日のおすすめ」

波積屋では平九郎は肴を指定しない。その日、茂吉が勧めるものを口にするようにしていた。故に注文せずとも、手が空いたらこうして持ってきてくれる。

「こりゃなんだ?」

赤也が皿の中を覗き込む。何かを細かくして煮込んだような料理で、全体的に薄紅色をしている。

「しもつかれ……っていう、下野《しもつけ》の料理だよ」

茂吉は得意げな顔で板場から出て来る。新しい料理を出す時は、こうして説明してくれるのが恒例になっている。

「何か魚が入っているようだが……」

「これはね。塩鮭の頭を使うのさ」

茂吉は前掛けで手を拭いつつ語り始める。

まず塩漬けされた鮭を茹《ゆ》でこぼして生臭さと塩気を取り、水で汚れや血合いを丁寧に除いていく。そしてさらにもう一度湯がくという下拵《したごしら》えをする。

「この時にちょいと酒を入れると、生臭さはすっかり消える」

茂吉は酒を入れる身振りをしながら続けた。

別の鍋に大根と人参をおろしたものを入れて火に掛ける。水が染み出てきたところで、先ほどの鮭の頭を丸ごといれて二刻（四時間）ほど煮込むのだという。この間に鍋を焦がさぬように、ずっと篦《へら》で掻き回していなければならない。

「二刻たあ、えらく時が掛かるね」

赤也は顋に手を添えて感心した。

「そうすると鮭の頭が煮崩れ、ほろほろになるから、一本ずつ骨を取っていく」

さらにそこに油あげと、予《あらかじ》め炒《い》っておいた大豆を加えて、塩と醬油、酒粕で味を調《ととの》えてようやく完成するらしい。滋養がつくことで重宝され、江戸開府よりもっと以前、鎌倉に幕府があった頃から作られていると伝わっているらしい。

「下野では初午の頃に稲荷社に、赤飯と一緒に供えるという縁起物でもあるんだけど……塩漬けしたばかりの旬の鮭でも旨いんじゃないかと思って作ってみたのさ。塩味を少なくすれば、鮭本来の旨みも引き立つ」

「何とも手間の掛かった料理だ」

平九郎は箸《はし》を伸ばして口に入れた。程よい塩気と、鮭の頭から出た脂の旨味が口に広がり、舌の根からじゅっと涎《よだれ》が湧いて来るのを感じた。口に味が広がっている間に、平九郎は空になっていた盃を急いで手酌で満たし、天を仰ぐように酒を流し込んだ。

「こりゃあ、酒と合う」

酒精が香る息を吐きつつ褒めると、茂吉は目尻に皺を寄せて満面の笑みを浮かべた。

「冷えたしもつかれを、温かい飯にかけても旨いよ」

「そりゃいい。酒のしめに食いたいから、残しておいてくれよ」

「そう言うと思って、別に取って冷ましてあるよ」

「流石、茂吉さんだ」

茂吉は酒の追加を聞いて、心なしか先ほどよりも足取り軽く板場へと戻っていく。

平九郎はその背を見つめながら再び箸を動かした。茂吉もまた、くらまし屋黎明《れいめい》期の客なのであった。つまり己の正体を知っている者は、お春を含めて殆どが元客。元依頼主ということになる。

追加の酒をお春が運んできて、再び二人で酒を酌み交わし始める。

「そういえば……赤也、つけを返せよ」

平九郎は懐にしまった文をちらりと見せた。

「待ってました。つけを返してまた博打が打てる」

赤也は嬉々として、しもつかれを口に入れ、旨そうに咀嚼《そしやく》した。

六

沢庵、目刺、冷奴などの追加の肴でゆっくりと酒を呑む。やがて最後の客が勘定を済ませて波積屋を出た時、茂吉が暖簾を下げるようにお春に言った。

「七瀬」

「じゃあ、お言葉に甘えて」

茂吉に呼ばれ、七瀬は前掛けを外しながら答える。以前ならば片付けを茂吉一人に任せるのが悪いと言っていたが、お春が来て変わった。七瀬は蠟燭を一本取り出すと種火から火を移す。

「先に行くね」

一声かけて板場の横の壁を押し、現れた階段を上っていく。

「赤也、俺たちも行くか」

「お春、悪いな」

赤也は片手で拝んで先に上っていく。

「平さん」

平九郎が階段に足を掛けた時、板場から茂吉が呼んだ。

「どうしたんだい？」

「前回は大変だったそうじゃないか。あまり無理はしちゃいけないよ」

「ああ、解っている。ありがとうよ」

平九郎は小さく頷いて見せ、階段を上った。屋根裏に置いてある燭台には、すでに七瀬によって火が灯されており、二人の顔がはきと見えるほどに明るい。平九郎が腰を落ち着けたところで、三人が車座になった。

「さて、つけを返すとするか」

赤也が、白い歯を覗かせて身を乗り出す。

「平さん、つけの分は直に私に」

「解った」

「ちょっと待てって、一旦俺の懐に入れてだな……それを元手に……」

赤也は掌《てのひら》で制して首を振るが、七瀬は一瞥《いちべつ》もせずに再び言った。

「平さん」

「解っている」

赤也は、苦々しげな顔つきで小さく舌打ちする。

「じゃあ早速、今回の勤めを聞かせて貰えるかい？」

「今回の依頼は、寄木細工職人の和太郎と謂う男だ」

促されて平九郎は懐から文を取り出して、赤也に手渡す。暫く文字を目で追い、次に七瀬に手渡した。七瀬は食い入るように、赤也より長い時を掛けて文を読み込む。

「まずは下調べに俺が動くか」

赤也は鼻を弾いて片笑んだ。

「それほど難しい相手には思えなかったから、俺の方で今日ここに来る前に先に調べた」

「平さんの変装は詰めが甘いからねえ。怪しまれなかったかい？」

「まあ……心配ないさ」

外を歩いていて怪しまれたことはないと思うが、藤助の突然の来訪に狼狽《うろた》えたことを思い出し、曖昧《あいまい》な返事になってしまった。

「そっちは無理せず任せてくれよ。こちとら本職だ」

「そうだな」

時に大風呂敷を広げすぎる赤也であるが、巧みな変装を用いた内偵に関しては、平九郎も絶大な信頼を寄せている。

「調べて分かったことは？」

七瀬は文を折り畳みながら訊いてきた。

「和太郎は腕のいい寄木細工職人だ。元は小田原で……」

平九郎は近所から聞き込んだことを二人に詳らかに語った。

「なるほどね。家を持てるくらいなら、私たちに依頼も出来そうね」

依頼料は決まってはいないが、均《なら》して五十両ほどは取っている。長屋住まいの一職人がおいそれと払える額ではない。

「でも妻子から晦ますなんて容易くないかな？　私たちに依頼しなくても、身一つで逃げ出せばいいんだし……そうすれば依頼料も手許に残る」

七瀬は少し厚めの唇に指を添えた。

「聞き込みだけじゃ、判らねえ訳があるのかもしれないな。明日、会って問題がなければ請けるがいいか？」

「俺は構わねえよ」

「私も」

赤也は手をふわりと上げ、七瀬はこくりと頷く。平九郎は二人を順に見て静かに告げた。

「明後日、暖簾を下ろした後、もう一度ここで集まる」

第三章　泰平の裏にて

一

平九郎《へいくろう》は波積屋《はづみ》を後にして、家に帰ると筆を執って一通の文《ふみ》を書いた。

――五百羅漢の件。今日の申《さる》の刻（午後四時）、本八丁堀《ほんはっちょうぼり》の弾正橋《だんじょうばし》の下へ。遅れたならば此度《こたび》の取引は無しとする。

内容はそのような短いものだ。これならば万が一、妻に見られたとしても、和太郎《わたろう》は言い逃れ出来るだろう。

平九郎はひと眠りして卯《う》の刻（午前六時）には起き、昼ごろには借店《かりだな》を出た。和太郎の家がある南大工町に近づいたところで、路地で木の棒を持って、剣術ごっこに興じている四人の子どもを見つけた。

「坊主」

「何？」

知らない人に付いていってはいけないと教えられているのか、皆の顔に少々緊張が走る。警戒心を解くために、菅笠《すげがさ》を外して優しい声で話しかけた。

「少し頼みがあるのだが……近くに文を届けて欲しい。駄賃はやるぞ」

「やる！」

皆が一斉に駆け寄ってくる。

「おいおい、誰に頼めばいい」

平九郎は苦笑して宥《なだ》め、一人ずつに五文を手渡した。飴《あめ》細工を一つ買える額である。

聞けば皆がこの辺りの商家や職人の子らしい。御家人などはどこも内職をしなければならぬほど貧乏しており、商人たちも腹の中で嗤《わら》っているものだが、武士の真似事をするあたり、子どもにはまだ憧憬があるらしい。

家にいて家業を手伝わされるのを嫌い、親には早めに寺子屋に行くと言って遊んでいるという。子どもとは遊ぶのが仕事のようなもの。微笑《ほほえ》ましく子どもらの話に耳を傾けて相槌《あいづち》を打った。

「じゃあ、頼むぞ。宛先、言ったことを覚えているか？」

文を出すと、代表して一人の子が受け取る。

「南大工町の和太郎さんだね。本人以外には渡しちゃ駄目」

「よし上出来だ」

平九郎は口元を綻ばせると、再び菅笠を被ってその場を後にした。素人《しろうと》ならば刻限を待って弾正橋に向かうところだが、平九郎はそうはしなかった。

南大工町の和太郎の家の近くに身を潜め、子どもたちが文を届けたのを確かめる。

――あれが和太郎だな。

子どもたちから文を受け取った男が、往来で左右を確かめている。間違いなかろう。まだ申の刻まではだいぶあるが、このまま見張っているつもりである。

――三刻（六時間）ほどなら丁度よいな。

もし初めからこちらに害をなすつもりならば、仲間を呼びにいくなど慌てて支度を始めるかもしれない。その時は和太郎を尾行するつもりでいるが、三刻以上の時を与えれば、幾ら己でも動きの全てを知ることは難しくなるのだ。以降、和太郎の家に出入りは無く、今のところ依頼に問題はなさそうである。

未《ひつじ》の下刻（午後三時）を過ぎた頃、和太郎が姿を見せた。

――おや。

平九郎はほんの少し違和感を抱いた。この方法で依頼人と接触を持ったことは、これまでに何度もある。どの者も恐怖心からか雲の上を歩くように、どこか落ち着かない足取りをしているものである。それは依頼人が武士であったとしても変わらない。

しかし一介の寄木細工職人であるはずなのに、和太郎は迷いの無いしっかりとした歩みを見せている。余程、胆力に優れているのか、それとも迷ってなどいられない、のっぴきならぬ事態が迫っているのかもしれない。

距離を取って和太郎を尾行し、弾正橋の下に降りていくのを確かめた。和太郎は橋の下に着くと人を捜すような素振りをしたが、約束までまだ時があると思ったか、脚柱を背にじっと待っている。

橋の下に降りる石段は二箇所。申の刻を告げる鐘が鳴りだすと、平九郎は、和太郎が降りたのとは違う石段を使い、跫音《あしおと》を消して背後から近づいた。

「和太郎だな。そのまま動くな」

柱を挟むように立って声を掛ける。和太郎があっと小さく声を上げた。

「くらまし屋……」

「まず掟《おきて》を守って貰う」

平九郎は七箇条の掟を順に読み上げ、一々了承させた上でようやく本題へと入った。

「何故、己を晦《くら》ましたい」

「は、はい……」

和太郎はやや引き攣《つ》った声で身の上を語りだす。

自身は元々相模《さがみ》小田原の産で、寄木細工職人の次男であったという。どうせ兄が後を継いで、己はその手伝いで終わることになる。そんな人生が嫌で、若い頃は賭場に出入りして、やくざ者とつるんで随分と悪さもしたらしい。

――それで腹が据わっているのか。

ここに来るまでの和太郎の足取りが、妙にしっかりしていたことが腑《ふ》に落ちた。

「続けろ」

少し間が空いたので話を促す。

「後を継ぐはずだった兄が死にまして……」

和太郎は家を継いで寄木細工職人となったらしい。兄はどちらかというと鈍いほうで、元々和太郎のほうが職人としての才は上であった。どんどん良い物を生み出せるようになり、小田原でも知る人ぞ知る寄木細工職人になった。

「それがどうして江戸に？」

「惚れた女が出来まして……」

ある日、和太郎は小田原にある松原《まつばら》神社の縁日に行った。その時に掏摸《すり》が財布を抜く瞬間を見つけ、咄嗟《とっさ》にその手を押さえたのである。未遂だったこともあり、掏摸を役人に突き出すこともしなかったが、女はとても感謝して礼をしたいと申し出た。その日の内に近くの料理茶屋で料理と酒を振る舞って貰うことになり、再び会う約束を交わした。そう日は経たず、やがて二人は懇《ねんご》ろになったらしい。

「しかし、女は人の妾だったのです」

しかも女を囲っているのは、小田原では有数の商家の主人で、黒い噂の絶えない男である。いや噂どころではなく、若い頃の和太郎は人を介してその男から銭を受け取り、その商家に対立する店に嫌がらせをしたこともあった。やくざ者と深い繋《つな》がりがあることを知っていた和太郎は、

「一緒になるには、逃げるしかないと。江戸に駆け落ちしたのです」

工房を売り払い、手元にあった銭を全て持って女と江戸に逃げた。それが今の妻なのだという。

和太郎は己の腕に自信を持っていた。最初から南大工町に工房を兼ねた家を借りて、寄木細工職人として再出発した。

小田原は寄木細工の本場といってもよい。江戸に運ぶには費用も掛かる。その本場と同等の品が江戸で手に入るということで、すぐに買い付けてくれる商家も見つかり、作れば作るだけ売れるようになった。江戸に出て一年ほどで男の子も授かり、順風満

帆の暮らしをしている。

「それがどうして晦まして欲しい」

「それが……また女が」

「ほう」

別にたいして驚きはしなかった。駆け落ちするなど、そうそうあることではない。そんな経験を持つ者はごく僅かである。だがおかしなもので、大それたことをしたそのごく一部が、再び繰り返しやすいことを知っている。女は恋に焦がれるというが、男の中にも少ないながらそのような者が存在するのだ。ましてや和太郎は腕の良い職人である。どこでも食っていけるという自信が、このような行動に走らせるのかもしれない。

「川口町《かわぐちちょう》にある『毬屋《まりや》』という小料理屋に、住み込みで奉公している、お近《ちか》という女です」

何故、そのような仲になったかは訊くまい。どうせ今の妻との出会いと、そう変わらないものであろう。だが気に掛かるのは、前回と異なり追う者がいる訳ではないこと。

「わざわざ人に頼まずとも、二人でこっそりと逃げればよいではないか?」

「妻は悋気《りんき》する質《たち》でして。それに前の旦那が……」

もし和太郎が女と逃げたとなると、妻は嫉妬《しっと》のあまり何をしでかすか解ったものではないらしい。そして妻を囲っていた前の旦那が捜すことは諦《あきら》めたものの、和太郎を捨てて戻ってきたなら、全て水に流すと言っていることを、風の噂で耳にしているらしい。

妻はきっと元の旦那に泣きつき、己に仕返しを図ると和太郎は見ている。酷い目に遭わしてくれればよりを戻すと、けしかけることすら容易に想像出来る。

「そういうことなんで……あっしを殺してくれませんか？」

「なるほど。死んだように見せかけろと」

「へい」

毬屋のお近との関係は今のところ誰にも露見していない。先に己を逃がして、どうにか妻には死んだように偽装してほしいという。その後、お近に会い、彼女も無事に晦まして欲しいという二段の依頼である。

「行くあては？」

「小田原をわざわざ通りたくないので、中山道《なかせんどう》を行って上方に抜けられればありがたいのですが……いかがでしょうか？」

「動くな」

和太郎が首を動かす気配を感じ、平九郎は短く制した。ただ妻の元から晦ますというのならば容易いこと。三十両も取れば十分だと思っていたが、死を偽るとなると些《いささ》か手間がいる。

「お主一人分で五十両頂く」

「分かりました。お近の分も一緒に……」

「それは一条と三条に触れることになる」
一、依頼は必ず面通しの上、嘘は一切申さぬこと。
そのお近という女にはまだ会っていないどころか、現段階では存在しているかどうかさえ確かめていない。今回の場合、それよりもさらに重要なのが、
三、勾引《かどわ》かしの類《たぐい》でなく、当人が消えることを願っていること。
と、いうものである。お近という女がいたとして、和太郎の話通りに消えたがって

いるとは限らない。くらまし屋は誰かを攫《さら》う者では決してないのだ。

「幾らで？」

「こちらは三十両。お近を取り巻く状況が難しいものであれば、上乗せして頂く。お主を晦ませた後でよいから用意しておけ」

「解りました」

この和太郎という男。話に嘘はなさそうだが、所々気に掛かる。このように言われたならば、追加の金が青天井になるかもしれず、怯《ひる》みそうなものである。しかしそのような様子はないどころか、相場を訊いてくることすらない。

――相当に貯め込んでいるのか。

そう思わざるを得ない。そこらも勤めの支度の中で探るべきかもしれない。

「期日は」

「明日にでもお近に言い含めます。その後、出来るだけ早くが……」

「解った。半月以内に晦ませる。それまでに依頼を取り下げたいと言うならば、前日までに再び五百羅漢寺に文を置け。半金は頂くことになるが取りやめることも出来る」

この後、和太郎の人生は大きく変わる。これも七箇条の一つ、

七、捨てた一生を取り戻そうとせぬこと。

これに関わることである。大金を払ってまで姿を晦ましたにもかかわらず、後悔して前の人生を取り戻そうとする者は存外多いのだ。

「……後悔はしていません」

和太郎は少し思案していたが、絞り出すように言った。

「ならばよい。今後のことは追って報せる」

菅笠に手を添えて顎を引き、柱から離れて歩き始めた。石段を上がると江戸橋の架かる北へと足早に向かう。背後に気を付けているが、追ってくる気配は無い。ここでようやく和太郎を依頼人として認めた。

警戒するに越したことはない。裏稼業に手を染めたからには、多くの怨みを買っている。また虚《うつろ》や、万木《ゆるぎ》迅十郎《じんじゅうろう》のように、己の存在を邪魔と思う者もいるのだ。いつどこで誰に斬りかかられてもおかしくないと考えている。

「死んだように見せる……か」

赤也の力が必要になるだろう。そのようなことを考えながら、平九郎は家路につく者で溢《あふ》れる雑踏の中に、身を溶かしていった。

二

翌日、店仕舞いの後に波積屋を訪れた。すでにお春は床に就き、七瀬は屋根裏にいると茂吉が言う。平九郎は挨拶《あいさつ》もそこそこに屋根裏へ上がった。

「遅くなった」

「まだ刻限には早いから大丈夫」

「赤也は？」

「いつものこと」

こうして集まる時、大抵の場合は赤也が最後になる。間もなく刻限になろうかという時、軽やかな跫音《あしおと》が階段を上ってくるのが聞こえた。

「間に合った」

軽く息を切らしながら赤也が顔を出す。

「お春が起きちゃうでしょう」

「悪い」

赤也は苦笑し、片膝を立てて座った。

「どうせ……」

「ああ、博打さ」

七瀬が言い切る前に遮って認める。

「あんた、金があるならつけを先に払ってよ」

「それはだな……賭場で知り合いに借りたんだよ」

「で？」

七瀬は目を細めてしらっと視線を送る。

「勝ちも負けもしてねえよ。とんとんてやつだ」

「止《や》めたらいいのに」

「俺から博打を取ったら、女にもてるってことしか残らねえじゃねえか」

赤也は軽口を叩《たた》き、七瀬は呆れた溜息を零《こぼ》す。こうした二人のやり取りは日常茶飯事である。

「まあ、俺のことはいいじゃねえか。どうだった？」

己の膝に肘《ひじ》を載せて赤也がちょいと身を乗り出した。

「会ってきた。全部で八十両の勤めだ」

「いいね。晦ませるのに二十両遣ったとしても、一人頭二十両残る」

赤也が指を繰るのを横目に、七瀬はいたって冷静に話す。

「八十両ってことは少しややこしいの？」

「和太郎が五十両。後にお近という女で三十両。和太郎には注文付きだ」

平九郎は依頼主である和太郎の要望を二人に伝えた。

「死んだように見せかけるか……どうだ？」

赤也は七瀬のほうに視線を送る。先刻のように言い争うこともしばしばあるが、くらまし屋の頭脳は七瀬であると認めている。

「すぐに思いつくだけでも三つはあるけど」

「いいじゃねえか。その中でお前が一番自信のあるやつにしようぜ」

赤也が景気よく提案し、平九郎も頷いて見せた。

「後で文句言わないでよね」

「俺がそんな小さい男な訳ねえだろうが」

七瀬が言うと、赤也は間髪入れずに軽妙に答えた。

「じゃあ……和太郎の衣装一切をまず借りる」

「ほうほう。それで？」

「それをあんたが着込んで、和太郎になりきる」

「変装ってことだな。ちょっと待て。いくら俺でも心の蔵を止めて、骸《むくろ》を演じるのは……」

「最後まで聞きなさい。大きな橋に立つの。二、三人の目がある時……宵の口がいいと思う。平さんは船頭に化けて、橋の近くで待つの」

「なるほどな」

赤也は気付いていないようだが、平九郎はこの策の先が読めてしまって苦笑した。

「そして自分に火を付ける」

「え……」

「そのまま五つほど数えて耐えて、よろめきながら橋から落ちる。水の中で着物を脱いで、平さんのいる船まで泳いで一丁上がり」

「待て、待て、待て。本当に死んじまうだろうが」

赤也は血相を変えて、片手を前に突き出した。

「死なないわよ」

「火傷しちまう」

「中に刺子を着ていれば問題ない。和太郎はあんたより肥えているらしいから丁度いいわ」

何か断る理由を他に探しているらしく、赤也は大きな溜息をついて考え込む。

「あれだ。見た者たちは橋の下を覗き込むだろう？　水面に泡が出ないとおかしいと思うはずだ」

「それも考えてある」

まず革袋を用意し、息を吹き入れて満たす。口を紐《ひも》で縛ってその先に石を括りつける。それを腹の中に仕込んでおくというのだ。水に落ちる直前に針で穴を空けて、橋の下に落ちる。着物を脱いだ時に革袋が水の中に出て、泡を吹きながら石の重みで沈んでいくという寸法である。

「俺がやること多くねえか？」

「あんた以外に誰が出来るのよ」

「まあよ……そこまで言うなら仕方ねえな」

赤也は唇を突き出しまんざらでもない表情を浮かべる。褒められるとすぐに調子づくところを、七瀬に手玉に取られているのがやや哀れではある。

「平さんどう？」

「赤也がいけるというなら問題ない」

「それくらい軽く演じてやるよ」

すっかり乗せられてしまっている赤也は、自らの腕を軽く叩きながら応じる。

「では、段取りはこうだ」

まず、平九郎が和太郎を連れて中山道を行く。五つ目の宿場にあたる上尾《あげお》宿まで行ったところで、そこに和太郎を残して一度江戸に戻る。和太郎は行方不明になってお り、妻が捜し始める頃だろう。この時に七瀬が立てた策を実行に移し、和太郎が死んだように見せかける。

——入り鉄砲に出女。

と言われるように、江戸から出るにあたって男はさしたる制限もないが、女に関しては厳しい取り調べもあり得る。いつものように、事前に偽の通行手形を用意しておく必要があろう。

それを用いてお近を晦ませ、上尾宿まで連れて行く。お近と通行手形を和太郎に渡し、勤めは終わりという流れである。

「軽く済みそうね」

「おいおい……」

七瀬の一言に、再び赤也が文句を言いかける。

「あんたの変装と演技を心配してないから言えるの」

「なるほどな」

あっという間に機嫌を直し、赤也はからりと笑った。

まず平九郎は和太郎に日どりを伝える。次に晦ませる予定の、お近の意思も確かめておかねばならない。

そして偽りの手形を用意しておく。これは日本橋音羽町《おとわちょう》に住まう老齢の版木師、櫻玉《おうぎょく》に発注する。普段は読売や浮世絵の版木を彫ることを生業《なりわい》としている老人である。この男もまた裏の顔を持っており、手形だけでなく、見本さえあれば印章や文書まで、寸分違わずに偽造してみせた。その経歴は長く、平九郎が赤子の頃から裏の道にいたと嘯《うそぶ》いていた。ここまでが平九郎の為すべきこと。

赤也のすべきことは、平九郎が日を伝える時に遠目に和太郎の顔を見ること。相貌を覚えて化粧で顔を似せるようにする。他に赤也の一人舞台となる手頃な橋の目星を付けることの二つである。

「決行は十日後とする」

平九郎が静かに言うと、二人は同時に頷いて見せた。

「で、七瀬は何を支度するんだよ」

「私はお店」

「口だけ出して二十両かよ。ぼろいな」

「ここが違うの」

七瀬はこめかみを指で突《つつ》いて、つんと顎を突き出した。赤也はまたぶつぶつと文句を零す。

いつかこの二人とも違う道を進むのか。

二人のやり取りを見ていると、ふとそのようなことが頭を過《よぎ》り、近頃湿気が少なくなり、輪郭がはきとした蠟燭《ろうそく》の火に視線を移した。

三

決行の日を迎え、平九郎は旅支度をして慎重に周りを窺いながら、朝早くに長屋を出た。

澄みきった秋の高い空を焦がれるように、町のあちこちから鶏の声が上がっている。早くも仕事に向かう者もちらほら。どの者も今日という一日への活力が顔に漲《みなぎ》っているように見えた。

和太郎は朝から寄木細工の材料となる、木材を買い付けるためと言って家を出て、卯の刻には九段下《くだんした》にある俎橋《まないたばし》で落ち合うことになっているのである。

予定の時刻より早く着き、橋の欄干《らんかん》に腰を掛けて和太郎が現れるのを待つ。四半刻ほどすると、和太郎が足早に歩いて来るのを視界に捉えた。尾行されている様子は見受けられない。

「おはようございます」

「よし。すぐそこの長屋だ」

俎橋から少し北へ行き、蟋蟀《こおろぎ》橋に程近い長屋を一月だけ借り上げた。和太郎の旅装束は事前に預かっており、そこに置いてあるのだ。ここで着替えを済ませ、今身につけている着物を残しておく。後に赤也がそれを回収して、死を偽る時に使うという段取りである。

長屋で着替えを済ませると、二人連れ立って江戸の外を目指す。平九郎は江戸詰めの藩士、和太郎は中間《ちゅうげん》という恰好である。すれ違う人の中に怪しむ者はおらず、そもそもまだ朝のため、往来に人も少ない。

「今日のうちに上尾宿まで行く」

府下から上尾宿までは凡《およ》そ九里ほど。大人の脚で歩けば三刻（六時間）ほどで辿り着く。平九郎は夕刻には引き返し、夜更けた頃には江戸に戻る旨を伝えた。

「そうですか……慌ただしくて申し訳ございません」

和太郎は恐縮するように少し頭を下げた。中山道のいずれかの宿場で和太郎を残し、死んだように見せかけるために戻ること。その後、お近を晦まして上尾宿まで連れて行くこと。これまで詳細は教えておらず、今初めて和太郎に告げた。用心するにこしたことはない。

「お近はいつくらいに？」

和太郎は不安そうな口振りで尋ねた。

「五日以内には届けられる」

波積屋で晦まし方の打ち合わせをした翌日、平九郎は毬屋を訪ねてお近と会った。すでに和太郎から言い含められており、特段驚く様子はなかった。

——和太郎さんと一緒ならどこへでも付いていきます。

と、お近の意思を聞いたことで、晦ますことを決めた。お近の分の依頼料である三十両は、上尾宿に送り届けた後に和太郎から受け取る段取りになっている。

一度だけ小休止を挟んで歩き詰めた。男二人の旅とあれば、各宿場も楽々と通れて時を要することも無い。江戸から一歩外に出れば、みるみる人家は少なくなり、長閑《のどか》な風景へと様変わりする。府内では滅多に見ることはない、薄紫の細かな花を付ける藪蘭《やぶらん》が肩を寄せ合うように咲いている。

上尾宿に着いたのはほぼ予定通りの未の刻（午後二時）頃であった。

上尾宿は十町十間ほどで、さほど大きな宿場町ではない。住んでいる者も六百ほどであろう。しかしここの本陣は中山道の中では塩尻《しおじり》宿に次ぐ大きさを誇り、脇本陣も三軒あるため、参勤交代でも江戸までの最後の宿場として利用されることが多い。

程よい距離なのは旅人にとっても同じで、宿場の規模の割には旅籠《はたご》の数も多く、四十軒ほどが軒を連ねていた。各宿の呼び込み上手が賑やかに口上を競う中、最も大きな旅籠を選んだ。客が多いほうが、いざという時に紛れやすいという用心である。

二階の最奥の間を借りて入ると、平九郎は廊下を確かめて静かに障子戸を閉めた。

「俺は江戸に戻る。十日分宿賃は払っておいた」

「宿賃を出して頂けるので？　しかも十日分……」

「先に受け取った金以外は一切要らぬ。五日以内には戻るが、不測に備えて念のためだ」

「はあ……」

和太郎は、どこか上の空のような返事をする。

「女の分を頂こう」

腰を落ち着けた和太郎に対し、平九郎は立ったまま手を差し伸べた。

「はい……少々お待ちを」

壁際に押しやった行李を開き、和太郎はこちらに背を向けて中をまさぐる。

「あれ……無い」

和太郎は行李を覗き込むようにし、弱々しい声で言った。

「何？」

「ここにあったはずなのですが……」

首を捻った和太郎の顔は蒼白である。ここに着くまで近づいて来る者はいなかった。

掏摸《すり》にあったとは考えにくい。

「真に持って来たならば、あるはずだ。よく探せ」

「はい……おかしい……本当に入れたのです」

「見せてみろ」

そんな不思議なことがあろうかと、和太郎の背後から行李を覗いたその時である。

平九郎は息を呑んで大きく後ろに飛び下がった。

「どういうつもりだ」

和太郎の右手に剃刀《かみそり》が握られており、振り向きざまに左手を首に回そうとしてきたのである。

「死にたくなければ、御頭の隠し金の場所を教えろ」

「何のことだ」

「とぼけるな」

和太郎の形相は一変し、眦《まなじり》を釣り上げて刺刀を構えた。平九郎もゆっくりと腰の刀に手を下ろした。

——どういうことだ。

全く訳が解らない。ただあの間合いに誘い込んでいながら、いきなり斬り付けるのではなく、左手で首を搦《から》めとろうとしたこと。その点から殺すのが目的ではないと窺《うかが》える。恐らく和太郎が口にした「隠し金」に関係するものと思われた。

「俺はその御頭も、金も知らぬ」

「いいや、とぼけたって無駄さ。あんたも元　鯎《かいらぎ》党だって調べは付いている」

「鯎党だと……」

確か、江戸三大盗賊の一つに数えられた盗賊一味である。平九郎が江戸に出てくる少し前に壊滅したと聞いていたが、和太郎はその残党ということか。

——厄介なことだ。

平九郎の脳裏を様々な推測が駆け巡る。ここに来るまでに確かめたが、隣にも泊まり客がいた。騒ぎを起こせば面倒なことになる。それは和太郎も承知だからこそ、声を荒らげずに低く迫ってきているのだ。考えるのは後、まずはこの局面を切り抜けねばなるまい。本当ならば脅して真意を聞き出したいところだが、こちらも瑕《きず》のある身。この状況で騒ぎ立てられでもすれば、今後の勤めにも影響を及ぼすだろう。

「吐けば命は助けてやる」

和太郎は上唇をなめながら言った。こいつは人を殺したことがある。平九郎はそう直感した。

「分かった。その前に一つだけ訊く」

「何だ」

「掟を破っていることは解っているか？」

事前に伝えてある七箇条の掟の一つ、

――六、我に害をなさぬこと。

という一条を、真正面から破る行為である。

「何を今更」

和太郎は道中で見せた様子と一変し、卑しい目つきで吐き捨てた。

「ならばいい。俺も揉《も》めたくはない。本当のことを話そう。御頭の隠した金のことだったな……」

「ああ」

「実は常陸の国の――」

和太郎に生まれた僅かな気の緩みを逃さず、平九郎は一気に間合いを詰めると、右手首を鷲摑《わしづか》みにして捻り上げた。同時に和太郎の口に掌底を繰り出し、塞ぎながらどんと壁に押し付ける。

「ぐ……」

「和太郎さん！　畳で滑るなんて間が抜けているなあ」

平九郎は明るく言って空笑いする。隣の客もきっとくすりと笑っていることだろう。

和太郎の手から刺刀が落ち、畳に突き刺さった。平九郎は右手の力を緩めずに、今度は膝で腹を押さえつけてようやく左手を放す。そしてすかさず脇差を逆手に抜くと、己でもひやりとするほど冷たく囁いた。

「あの世に晦め」

心の臓に静かに刃を通していく。

努めて何も考えない。考えてしまえば、妻子と二度と会えないような気がするのである。これは己ではない他人の所業。言い聞かせたところで心の動きを止め、ゆっくりと刀を背中まで突き通した。

和太郎は刮《かつ》と目を見開いて小刻みに震える。そしてやがて瞼《まぶた》が緩むと同時に、躰《からだ》から魂が剝がれていくのが解った。脇差を抜いて圧を下げていくと、骸と化した和太郎は尻もちをつくような恰好でずるずると落ちた。

脇差の血を懐紙で丁寧に拭って鞘に戻す。行李の中を確かめたが、着物が何枚かあるのみ。懐から財布を抜き取って中を改める。

「なるほどな」

平九郎は財布を懐に戻すと、菅笠を被って階下に降りた。そして宿の者にも声を掛けず外へ出た。

宿場は相変わらず人々が行き交って活気に満ち、今日の宿はあるか、団子を食べていかぬかなどと、左右から呼び込みの声が飛んで来る。

人一人の命が先刻途絶えたなど思いもよらない、明るい声の群れである。

裏から表へ。影が立ちのぼり人の形になるような心地で、喧騒に身を任せ、平九郎は江戸に向けて来た道を取って返した。

四

上尾宿から二つ戻った浦和《うらわ》宿を過ぎた辺りまで来て、平九郎もようやく安堵《あんど》した。近くに仲間が潜んでいないか、また道中奉行配下にすぐに事件が露見し、検問が張られないか。それらを警戒していたのだが、どうやらその気配は無い。

浦和宿から蕨《わらび》宿に行くまでの間に立場茶屋がある。ここは焼き米を名物と謳《うた》っており、旅人のあいだでは有名な店である。今日は朝から何も食っていない。平九郎は店先に腰を掛けると、焼き米を注文した。

用意が整うまで出された茶を啜《すす》りながら、己の身に降りかかったことを整理する。行李の中に三十両の金は無かった。懐の財布も同様である。それどころか持ち金は一両ほどしかなかった。依頼料の残りを払うどころか、駆け落ちする金としても心許ない。事前に五十両を受け取っているので、それが全財産だったということも考えたが、流石に一両で女と逃げることはなかろう。そこから導かれるのは、

――和太郎は初めから襲うつもりだったな。

と、いうことである。故に東海道《とうかいどう》ではなく、より人通りの少ない中山道を指定した

のではないか。本来はもっと先の人気のない場で襲うつもりだったと見るべきだろう。だがこちらが手の内を明かさず、思いの外江戸に近い上尾宿で待つように指示したので、和太郎は慌てた。何故ならば残りの依頼料を持ってきていないのだ。そこで急遽《きゅうきょ》計画を変更して、あの場で襲って来た。宿屋で襲えば道中奉行に伝わりやすく、捕縛される危険も高い。それでも行動に移したのは、支払いを促して追い詰められたためと考えられる。

――お近はどうだ。

まず和太郎との関係は嘘ではない。幾ら隠し立てしても、お近の奉公する毬屋の近所では噂になっている。平九郎は聞き込みで裏を取っていた。では和太郎と結託していたのか。いやお近は心底、和太郎と一緒になれることを喜んでいるようであった。和太郎はこちらが用心深いことを知っており、極めて真に近い嘘をでっち上げたのではないか。

一番重要なことは、何故己を襲って来たかということである。初めは高尾山で刃を交えた「虚」の一味ではないかと思ったが、和太郎は自らが鯱党の生き残りだと口にした。どうやら御頭と呼ぶ男が、財産を隠したような口振りであった。しかしそれと己がどう関係するのか、いくら考えても皆目解らない。七瀬ならば己が気付かないことにも、思いが及ぶかもしれないと考えた。

「お待たせしました」

茶屋の主人の一声で我に返る。

「ありがとう」

平九郎は受け取ると、勘定を置いて再び中山道を歩み始める。そろそろ上尾宿では宿の者が和太郎が死んでいることに気付くかもしれない。ここからはさらに足を速め、道中奉行に検問を張られる前に、一気に江戸まで戻るつもりでいる。故に歩きながら食べられる焼き米を買ったのだが、思考が目まぐるしく巡っているからか、てんで味が分からないままに食べ終わってしまった。

両側には田園が続き、陽の光を受けて稲穂が黄金色に輝いている。普段ならばその美しさに見惚れたであろうが、今日ばかりは澱《おり》が溜まっているかのように、心が弾むことはなかった。常に背後にも気を配りつつ、足早に江戸を目指す。

五

壱助《いちすけ》は包丁の手入れを終えると、板場の若い衆に言った。

「今日は早く上がる。悪いな」

「片付けなんてのは、私たちに任せて下さればいい。板長は気を遣いすぎです」

三年前に壱助が来る少し前、「井原《いはら》」は五人の板前が全て引き抜かれ、商いを止めようかというところまで追い込まれていた。壱助は拾ってくれた主人の恩に報いるため、寝る間も惜しんで一人で板場を切り盛りした。

おかげで半年もした頃には客足が戻り、一年経てばもとより繁盛するほどになった。井原の料理は旨いと評判を呼び、弟子入りを志願する者も途切れなかった。そうして今では板場を六人で回すようになっているが、初めの頃の癖が抜けず、今でも仕込みから片付けまでしなければ気が済まないのである。

「じゃあ、後は頼んだぞ」

盗賊稼業の頃からの女であるお種《たね》とは夫婦になった。お種は今でも己が鯱党だったことを知らない。そのお種のため、四日に一度は早く帰ってやりたいと皆には言っている。

が、本当の訳は違う。初めて湊町の土蔵に五人で集まった日から、四日ごとに顔を合わせる約束をしているのだ。壱助は初めて土蔵に行った日に思いを馳せながら、提灯を片手に御濠沿いを歩く。

あの日、漆器の中から出て来た文には、頭の隠し金の在処《ありか》を知る者の名が記されていた。いや厳密にいえば、名とはいえまい。

——くらまし屋。

と、呼ばれる裏稼業の者で、その名の通りどんな者でも金さえ払えば晦ませるという。

文の主が言うには、この者も鰔党の生き残りらしい。しかも己も知らなかったが、御頭から金の管理を任されるほどの側近であったらしい。御頭は用心深いのを通り越して、臆病といえるほどであった。金の管理を任せる男の存在を、誰にも告げていなかったのは有り得る。

文の主は己たちを使って、この男に御頭の隠し金の在処を吐かせようとしている。くらまし屋と呼ばれる男、御頭に負けず劣らず用心深いらしく、複数で行けば必ず怪しまれる。故に一人ずつ依頼を装って近づけというのだ。

「誰から行くのです？」

文を読み終えた後、でっぷりと太った仁吉《にきち》が頬を引き攣らせた。

「押し付け合っても埒《らち》が明かねえ。籤《くじ》で決めようや。誰か懐紙を持ってねえか？」

昨今、人気を博し始めている役者の銀蔵《ぎんぞう》が提案する。

「持っていますよ」

仁吉が軽く手を上げ、懐から懐紙を取り出す。

「紙縒《こよ》りにして、一本だけ短いやつを作ってくれよ」

「なるほど」

仁吉は懐紙を紙縒りにして即席の籤を作り、その流れで仁吉が先を握り、皆で一斉に引いた。

「あっしですか……」

皆の目が集まる。

短い紙縒りを引いたのは、寄木細工職人の和太郎。名を柔らかなものに変え、顔もすっかり温和を装っているが、真の名は蛇吉と謂い、「毒蝮《どくまむし》」の異名を取った盗賊であった。

元は小田原の寄木細工職人の次男であるが、賭場に出入りして借金を重ねていた。当時、伝次郎《でんじろう》と呼ばれていた壱助は、蛇吉が極めて手先が器用なことに目を付け、錠前破りとして己の組に勧誘したのである。見立て通り、蛇吉は少しこつを教えるだけでその腕をめきめきと上げた。

鯱党の手口といえば荒っぽいものだった。一家を皆殺しにすることも厭《いと》わない。だが壱助も流石に子どもだけは手に掛けることを嫌った。壱助の組が江戸の薬種問屋に盗みに入った時、隠れて潜んでいた十にも満たない男の子がいたらしい。それを蛇吉は躊躇《ためら》いもなく絞め殺してしまい、壱助が咎めると、

――小頭、ここは感謝して貰わねえと。

と、薄ら笑って嘯《うそぶ》いたのを覚えている。まさに鰄党の申し子ともいうべき冷血な男なのだ。

「どのように進める？」

壱助が訊くと、和太郎は蛇吉と呼ばれていた、あの日を彷彿《ほうふつ》とさせる嘲笑を浮かべた。

「それは各々に任せるということで」

仁吉が和太郎に縋るように言った。

「ま、待って下さい。失礼だが、隠し金の在処が解ったら、和太郎さんはそのまま一人で飛んでしまうかもしれない」

なるほど仁吉の言い分はもっともである。一万両とは途方もない大金。目が眩《くら》んで独り占めしようとしても何らおかしくない。

「それは心配なさそうだ」

浪人の小野木右近《おのぎうこん》が乾いた声で言う。文にはまだ続きがあるのだ。どうやら文の主

は隠し金が埋められている、大まかな場所は特定しているらしい。だがそれ以上は頭が残した暗号が無いと解らないという。

「くらまし屋という男が知っているのは暗号だけ。それを知っても隠し金は得られないという仕組みか」

壱助は顎に手を添えて苦笑した。くらまし屋の男が、頭に金の管理を任されていたと聞いた時、違和感を持ったものである。それではいつ持ち逃げされぬとも限らない。一人を信じて全てを打ち明けるほど、頭は甘い男ではなかった。むしろ納得の状況だ。

「繋ぎはどうする？」

銀蔵は皆の顔を順に見渡した。

「四日ごと、同じ時刻にここに集まるというのはどうだ？」

小野木右近の提案に皆が頷き、壱助も渋々ながらそれに倣《なら》った。

――お種に何と言うか。

壱助はすでに女房への言い訳を考え始めている。そんな思考になるあたり、己はとっくに盗賊ではなくなっているのだろう。

「ところで、この文の主はどんな奴なんでしょうね？」

和太郎が頭を掻きながら首を捻る。

「まあ碌《ろく》な手合いじゃねえだろうよ。五千両を山分けなんてせず、皆で上手く掠め取っちまおうぜ」

銀蔵が言うと、仁吉は肉の垂れた頬を緩める。

「そうしますか」

「まずはこいつに踊らされてやろうか」

文を指差しながら銀蔵は不敵に笑う。

――どいつもこいつも卑しい顔付きになってきやがった。

壱助は内心で彼らを軽蔑していた。顔を合わせた直後はまだ、互いに元鯱党なのかどうか、半信半疑だった。だがそれが知れて安堵した今、昔の悪の顔が滲み出始めている。

壱助はこの者たちと違い、別段金が欲しいとは思っていない。それよりも今の平穏な暮らしを守ることのほうが大事である。そのためには、己の正体を暴かれる訳にはいかず、結局のところ文の主の言う通りにするほかない。

――文の主か……。

仮に隠し金を見つけて山分けしても、今後も脅してこないとは限らない。己の身を守る一番の手立ては、こいつを見つけて始末することであろう。実を言うと壱助はこの奇妙な会合に、ずっと二つの疑問を持っている。

「まずはここに書かれている、くらまし屋へ繋ぐ方法を試してみます」

くらまし屋に繋ぐ方法。目黒にある五百羅漢寺三匝堂《さんそうどう》の、見晴台の床裏に文を隠すというものである。

「では、また四日後……」

仁吉が襟《えり》を整えて出ようとした時、壱助はさっと手を出して押しとどめた。

「その前に少し訊きたい」

「まだ何か？」

仁吉が不安げな笑みを零す。

壱助はこれまでの短い中で奇異に感じていることが二つある。視線が集まる中、まず一つ目の問いを投げかけた。

「今日、一番に来た者は誰だ？」

己は最後だった。たとえば錠前が掛かっていたならばどうやって入ったのか。また蠟燭はいつから点いていたのか。

「まずは俺だ。来た時に戸は開いていた。蠟燭はそこに」

右近が指を差した先に、空の木箱があった。中に蠟燭が入っており、文の差出人が用意したものと判断して火を灯したらしい。

「次は俺さ」

二番手は銀蔵、三番手が和太郎、仁吉は早くに近くまで来ていたが、怯えてなかなか近づけなかったらしく四番手。最後に罠を警戒して、刻限ぎりぎりに来た己ということになる。

「もう一つは小野木殿……あなたは浪人の身でどうして文を受け取れた」

壱助は目を細めた。ある仮説が頭を巡っている。それは、

――この中に差出人がいるのではないか。

と、いうことであった。五人が指示に従わなかった場合、文の主はどうやってそれを知るのか。この中では住処を得ることが覚束ないであろう浪人の、小野木右近が最も訝しい。

「俺は鯱党を辞めた後はずっと江戸暮らしだ。佐柄木町《さえきちよう》の長屋に住まっている。近所の者も見知っているから、疑うようなら訊いてみればよい」

調べればすぐに判ること。そこまで言うからには嘘ではなかろう。

「いや、疑って済まない。細かいところが気になる性質なんだ」

「拙者も……この中に文の主がいるのではないかと考えた」

右近もどうやら同じ考えだったらしい。口にすると他の三人は絶句した。

「そんなこと……」

仁吉は左右を見て後退りする。

「だが腑《ふ》に落ちぬ」

右近は頰をつるりと撫でた。恐らく壱助と同様のことを考えている。

「籤……だな」

「ああ、人にやらせたいのならば籤は都合が悪い。己が引いてしまうこともあるのだからな」

「籤を提案したのは俺だ。俺が差出人でないことは解って貰えたろう?」

銀蔵は安堵の表情を浮かべる。

「しかし他に反対する者もいなかった……この中にはいないのか?」

壱助は目を細めて一人ずつ見た。銀蔵の提案に抵抗すれば怪しまれると思い、成り行きに任せたのか。あるいは反対されることを想定し、銀蔵がかまを掛けた可能性もある。こうなれば誰もが怪しく思えてくる。

「考えても詮の無いことです。あっしが決めてきましょう」

和太郎はぱんと手を叩いて続けた。

「そこで相談ですが、上手くいった暁には、少し取り分を多くして貰えませんか？　籤で決まったとはいえ、手を汚すのはあっしなのですから……」

「俺は構わねえぜ。一発で決まれば、それに越したことはねえ」

「私も結構です。百両でどうですか？」

銀蔵と仁吉がすぐさま乗っかり、壱助は右近と顔を見合わせた。

「よかろう。万が一殺めてしまえば、奉行所に追われることになる。百両なら安いものだ」

「ああ……俺もいいぜ」

右近、最後に壱助も同調したことで、和太郎は目尻に皺を寄せた。

「千四百両か。俄然やる気が出ました」

これが十六日前のことである。四日後に行われた二回目の集まりで和太郎は、

「くらまし屋と渡りが付きましたよ」

と、得意げに言っていた。ただ文に書いてあった通り、いやそれ以上に用心深い男らしい。嘘の依頼ならばすぐに見破られてしまいそうだと直感したという。

そこで己が小田原の産であること、寄木細工職人の倅《せがれ》であること、三年前に女をつれて江戸に出て夫婦になり子を設けたこと。自身の作る寄木細工の売れ行きが好調で

あること。江戸に出てからお近という女と知り合い、いい仲になったことなど、真実を並べたらしい。ただ和太郎が江戸に出て来た訳だけが違う。

鯱党が壊滅し、十ある組は自由に動くことになった。壱助が自らの組を解散したせいで、蛇吉こと和太郎は盗賊をしていられなくなったのだ。長年仲間と勤めをしていると、独り勤めは恐ろしくなるもの。和太郎は盗賊時代に十分に金を蓄えていたことから、これを切っ掛けに女を連れて江戸に出たというのが真相である。

「女にも会うと言っていました。言い含めておいて正解でした」

くらまし屋は、自ら失踪を願っている者だけ晦ませるという掟を持っているらしい。故に和太郎の女であるお近の意思も確かめるつもりだという。和太郎はそんなこともあろうかと、事前にお近には真に駆け落ちしたい旨を伝えて了承を得ていた。後は依頼の途中、くらまし屋を襲って口を割らせるのみと和太郎は余裕の笑みを見せていた。

――和太郎ならば上手くやるだろう。

かつて己の下で働いていたこの男が、いかに狡猾かつ冷酷であるかを知っている。計画のためならば自らの女を騙すのも厭わないのは、その性格の為せる業《わざ》であろう。

今宵、土蔵に集まったのは和太郎を除く四人。

「和太郎は来ないだろうな」

刻限を少し過ぎた頃、銀蔵がぽつんと言った。どの者も疑問を挟まないことから、噂は耳にしているものとみえる。

「どうせ来ないならば、開けてしまえ」

右近が些か投げやりな調子で言う。一度目は五人揃ってから開けろと言われていたが、どうやら今宵は四人しか集まりそうにない。

例の漆塗りの箱に文が入っていた。仁吉がそっと文を取って広げ、銀蔵が横から覗き込む。右近は常と同じように壁にもたれ掛かり、己は腕を組んで樽の上に座る。

「くそ……」

蠟燭の灯りに照らされた仁吉の顔が紅潮する。

「次の者が行けとよ」

銀蔵はこちらを見て下唇を嚙んだ。文には和太郎の生死には触れられず、次が行けとだけ書かれている。

実は昨日の酉の刻（午後六時）頃、細川越中守《ほそかわえっちゅうのかみ》の上屋敷の裏、新場橋《しんばばし》で男が自ら火を付けて自殺を図るという事件があった。男は暫くの間手足をばたつかせていたが、やがて橋から落ちて二度と浮き上がってはこなかったという。奉行所の調べによると、どうやらその男というのが、

――南大工町の寄木細工職人、和太郎。

だというのだ。

和太郎は前日の朝仕事に出て、それきり戻ってこないと女房が訴え出ていた。目撃した者が二人ほどいて、その時に着ていた着物が女房の話と符合する。また楓川《かえでがわ》からは半ば以上燃えた同じ柄の着物が見つかっている。ただどうした訳か屍は見つからない。奉行所が舟を出し、棒で底を探ったりもしたが結果は同じであった。

その話を聞いた時、壱助の頭に二つの可能性が過った。一つは和太郎が自らの死を偽装し、この怪しい話から逃げ出したということ。だが当人が頗《すこぶ》る乗り気であったことからも考えにくい。残る一つは、

「やはり……死んだのだろうな」

と、いうことである。新場橋の焼死事件は府下でも噂になっている。文の主が江戸にいるのは間違いないらしく、和太郎はすでに殺されたと判断したのだろう。故に次の者に行けと指示を出して来た。

「冷たいねえ」

銀蔵は鼻から息を抜くように軽く笑う。

壱助は何の感慨も持たなかった。ただ、あれほど下準備をしていたにもかかわらず、

こうもあっさりとやられるのは意外だっただけである。

「党にいた頃から、別に情は持っていないだろう。ましてや何の関係もねえ」

「まあ、確かにそうだ」

壱助が言うと、銀蔵は考え直したように二度、三度頷いた。

「くらまし屋の仕業と見るべきだろうな」

右近は静かに口を開く。灯りが揺れると共に、壁に伸びた右近の影も小刻みに揺れている。

「しかし、和太郎は自ら火を付けたのですよ？」

目を見開いて仁吉は反論した。

「恐らく別人だろう」

和太郎の服を着こんで自らに火を放つ。苦しむ姿を通行人に見せた上で、橋の下に落ちる。衣服を脱いで水の中を泳ぎ、岸まで辿り着く、あるいは仲間が舟で引き上げる。そのようなところだろうと右近は推理した。

「見た者は、暫く水面から泡が出ていたと。月が出ていたので夜でもはきと見えたと話していたはず……」

「革袋を使ったのかもしれぬ。芸が細かいことだ」

「そんなこと一遍に出来ますかねえ……」

仁吉が言うのも無理はない。右近の言う通りだとすれば、一連の動きは相当に難しい。しかも目撃者に悟られないように演技もしなければならないのだ。

「裏稼業にはそんな男もいる。出来ぬことはあるまい」

右近は裏の口入れ屋より仕事を受け、用心棒のようなことをしていると言っていた。この中では最も裏稼業の者に精通しているだろう。

「俺も出来るだろうな」

銀蔵が片方の眉を吊り上げる。人気が鰻《うなぎ》上りの現役の役者だ。演じることへの自負が感じられた。銀蔵は首を捻ると、樽の上に腰掛けて続けた。

「しかし、何でわざわざそんなことをするんだ？」

「和太郎は実際に依頼していた。どこかは判らないが、その道中に仕掛けて返り討ちに遭ったんだろう。骸を江戸まで運んで来るのは難しい」

くらまし屋は和太郎が江戸で死んだように見せかけたいのだ。そうすることで骸が見つかっても、幕府の探索を攪乱《かくらん》することが出来る。それともう一つ、

「我らへの示威だろう……」

右近が呟き、壱助も頷いて応じた。くらまし屋は何者かに狙われていることに気付

いた。手を出せば死ぬということを報せるため、わざわざこのように手の込んだことをしたと考えられる。

「なかなか手強いようだな……さて、次はどうする。また引くか？」

銀蔵は籤を引くような手ぶりをする。

「も、もう止めましょう。幾ら大金を得られるとあっても、命あっての物種です」

和太郎が殺られたことで、仁吉はすっかり気弱になっている。

「だが文の主は続けろというぜ」

「無視しても……」

「それは難しいだろうな」

仁吉が言いかけるのを、壱助は遮った。

文の主はその気になれば一万両を独り占め出来る。それをしないのは、くらまし屋が手強いことを事前に知っていたからだろう。長い時を掛けて、かつての仲間の足取りを探り、脅して駒に使うことで自らの手を汚さず大金を得ようとしている。つまり一人や二人が殺られるのは織り込み済み。ここまで丹念に計画を練って、今さら引き下がるはずはない。

「俺は金よりも、今の暮らしを守りたい」

昔は失うものは何もなく、仮に捕まって死罪になっても構わないとさえ思っていた。だが今はその頃とは違い、守りたいものが沢山ある。

まず妻のお種。盗賊だったことこそ告げていないが、博打漬けのやくざ者だったのは確かである。そんな己が堅気の職に就いたことを、飛び上がって喜んでくれた。初めのうちは慣れずに投げ出してしまおうと思ったこともあった。だが、その度にお種に励まされてここまでやってこられたのだ。

今そのお種の腹には子が宿っている。鋳物屋に嫁いだ時は子が出来ぬと離縁されたが、どうやら原因はお種のほうではなく相手にあったらしい。息子か、あるいは娘か、壱助は日々想いを巡らせていた。あと半年もすればその答えも判る。この子には真っ当な一生を送って欲しいと、壱助は心から願っていた。

だがもし元盗賊だと知れたらどうなる。己が捕まるのはまだしも、お種や生まれて来る子はどのようにして生きればよいのだ。

「しかし死んでしまっては……」

「降りるつもりはねえ。逃げるなら俺が先に殺してやる」

壱助が睨みつけると、仁吉は吃逆《しゃっくり》のような小さな悲鳴を上げた。

この状況から抜け出す方法。それは文の主の言う通り、くらまし屋を脅して頭の隠し金に纏わる、重要な暗号を聞き出すこと。あと一つは、——文の主を見つけて始末することだ。

ただ諾々と従っているだけではない。壱助は同時に正体を探り、判れば喉元に喰らいついてやる腹積もりであった。

「籤でよかろう」

右近も銀蔵に同意し、壱助も頷いた。仁吉も渋々の様子で従う。

「短い紙縒りは握りが甘いから、俺は判っちまったんだよな……」

和太郎が籤を作った時、銀蔵は一本を引きかけて途中で止め、別の籤をさっと引いていた。

「どうするのです……？」

「これでいいかい？」

銀蔵が懐から取り出したのは紅である。役者という仕事柄いつも持ち歩いているのか。それともこんな時に備えて持って来たのかは判らない。紙縒りの内、一本だけ先を赤くする。これならば長短による微妙な差も生まれないだろう。

銀蔵は皆に背を向けて見えぬように懐紙で紙縒りを作ると、先を握り込んでから振り返って差し出した。

「じゃあ、引いてくれ」

仁吉は両手を合わせて神に祈るように一本選ぶ。右近は顎でしゃくって先を譲り、壱助が先に紙縒りを摘《つま》む。そして最後に右近。当たっても構わぬといったように適当に選んだ。皆で息を合わせて一斉に籤を引いた。

「これは……」

薄目で怖々と見ていた仁吉が思わず声を漏らした。三人の引いた紙縒りはどれも白いままである。

「俺のようだな」

銀蔵は舌打ちをして掌を開いた。紙縒りの先が紅によって赤くなっている。仁吉はほっと胸を撫でおろした。

「やれるか?」

壱助が訊くと、銀蔵は不敵に片笑んだ。

「まあ、高みの見物をしておいてくれや」

またしても文には、くらまし屋に繋ぐ方法が書かれていた。今回は吉原《よしわら》の中にある九郎助稲荷《くろすけいなり》の祠の中に文を仕込むというものである。

銀蔵に怯む様子は少しもなく、文を置いたらそのまま遊んでくると嘯く余裕振りである。

　会合はお開きとなり、銀蔵は鼻唄混じりに、真っ先に土蔵から出ていった。壱助はその背をじっと見つめる。銀蔵の姿が闇に包まれていっても、暫《しば》しの間、軽快な唄が夜を転がっていた。

六

「と……いう次第だ」

平九郎は上尾宿から立ち戻ると、急いで赤也と七瀬の二人を集め、ことの顚末《てんまつ》を詳らかに語った。

「何だ、そりゃ。意味が解らねえ」

　赤也はこめかみを掻きむしって吐き捨てる。

「七瀬、どう思う？」

顎にちょんと指を添えて考え込む七瀬に意見を求めた。

「平さんの言う通り、和太郎は初めから襲うつもりだったと見て間違いないわね」

「……鰄党と関わりがあるのかい？」

出逢って三年。その前のことに関しては赤也も全てを知っている訳ではない。もしかしたらということが頭を過ったようである。

「まさか。確か俺が江戸に出て来て間もなく、鰄党は散り散りになったはずだ」

裏の道を歩めば様々な情報が手に入る。江戸三大盗賊と呼ばれた盗賊一味の内、鰄党は三年ほど前に解散して半数は行方知れず、残る半数は複数の盗賊団に分かれたと幕府は見ている。

他には、お春を助ける時に力を借りた風太《ふうた》が属していた鬼灯組《ほおずきぐみ》。これも平九郎が江戸に出てすぐに壊滅した。これには平九郎も少なからず関与している。

最後に千羽《せんば》一家だけが当時と様相は異なるものの、今なお暗躍していると聞いている。

鬼灯組ならばともかく、鰄党に狙われる覚えは全くないのだ。

「誰かと人違いしているのかも知れぬ」

それ以外に考えられない。だが七瀬は首を横に振った。

「和太郎とはこれまで、面識は無かったのでしょう？」

「初めて見る男だ。だから依頼を受けた」

「向こうは『くらまし屋』の正体が、堤《つつみ》平九郎だとは知らなかったのよね？」

「名は呼ばれなかったし、知っている素振りもなかった」

「どっちでも一緒じゃねえのか」

二人の会話に赤也が眉を寄せて口を挟む。

「大違いよ」

堤平九郎に近づいてきたのなら、和太郎は平九郎をどこかで見かけ、「隠し金の在《あり》処《か》を知っている男」と相貌《そうぼう》が似ているので勘違いした可能性も残る。だが、和太郎は依頼してまで会おうとした。顔も名も知らなかったという証左《しょうさ》である。隠し金の在処を、『くらまし屋』が知っていると思っていた。つまり誰かが真っ赤な嘘を吹き込んだということになる。

「何のためにそんなことを？」

「まず考えつくのは、私たちが邪魔で始末したいってところね」

「そんな奴は掃いて捨てるほどいるだろうな……」

赤也の言う通りで、裏稼業にいる限り、怨みを買うのは付きもの。とてもではないが割り出せない。

「でも今回は手掛かりがある」

「手掛かり？」

鸚鵡返しに訊く赤也に、七瀬は小さく頷く。

「和太郎が鯱党だと知っている男。つまりその男も……」

「鯱党の生き残りの見込みが高いということか」

「ええ」

少ない手掛かりからここまで導き出すのは流石といえよう。七瀬は顎を引いて重々しく尋ねた。

「平さん……どうするの？」

平九郎は目を瞑った。瞼の裏に映るのはいつも最愛の妻子の姿。裏の道を知るためには裏。連れ去られたからには、己も連れ去る側に立てば、何か判るかもしれないと思い定め、この稼業を始めた。

どれほど手を汚せば再び会うことが叶うのか。本心は誰も斬りたくなどはない。だが暗黒街に蔓延《はびこ》る闇は、そのような甘さが何よりの好物である。やらねばやられる。たとえ己が闇深くに落ちようとも、必ず妻と子を見つけると、覚悟を決めたはずである。

「けしかけた者を見つけ、始末する」

勢いよく刮目《かつもく》して言い放った。

「俺たちは悪人じゃあねえけど、善人でもねえ。降りかかった火の粉は払うさ」

赤也は口角をきゅっと上げて膝を叩いた。

「弱いくせに」

「うるせえ」

七瀬がちくりと言い、赤也は苦く笑って続けた。

「確かに俺は腕っぷしは強くねえ。実際に剣を振るうのは平さんさ。でもよ……その業は一緒に背負うつもりだ。平さんだけが苦しむことなんてさせやしねえよ」

目を丸くした七瀬と視線が合う。

「あんたにしては良いこと言うじゃない。私も同じ……三人でくらまし屋だもの」

こちらの心の動きを二人には見抜かれていたらしい。平九郎は口元を綻《ほころ》ばせて言った。

「ありがとよ」

「さあ、反撃に出ようぜ。俺は何をすればいい？」

赤也は諸手を広げて戯《おど》けるように言った。

「えーと……燃えてくれる？」

「あ、やっぱりやるんだな」

赤也は頬を強張らせて固まったように動きを止めた。

「和太郎は江戸で死んだことにする」

七瀬はゆっくり目を瞑り、柔らかく息を吐き出した。瞑目するのは七瀬が策を練る時の癖である。

和太郎の骸は上尾宿にある。菅笠を被っていたので、旅籠の者に顔は見られていないものの、二人連れであったことは知られている。己が最も怪しまれるのは間違いない。道中奉行は、まずその線で下手人を追うだろう。

「探索を攪乱するという意味もあるけど、上手くいけば上尾宿の骸は、身元不明の無宿人で処理されるかもしれない」

骸が和太郎と知られる前に、江戸で死を偽装すれば、そもそも有り得ないと探索の線から外れることが期待出来るというのだ。

「あともう一つ。けしかけた奴に、和太郎が死んだことを報せるため。どうしても私たちを殺したいなら、また仕掛けてくるはず。そこを炙り出すの」

「炙るか。今回はくらまし屋じゃなく、炙り屋になっちまうな。いっそのこと本当の炙り屋に頼んじまうかい？」

赤也は軽口を叩いてへらっと笑ったが、七瀬は目を瞑ったままである。

「それもありね」

「おいおい……本気かよ」

「私は最も効率よく身を守り、相手を仕留める方法を考えているの。その選択肢も十分にあり得る。炙り屋が請けてくれればの話だけど……」

七瀬は長い睫毛を持ち上げて、こっちを見つめた。どう思うか意見を求めているのだろう。

「癪《しゃく》に障るが……あいつは玄人《くろうと》だ。金さえ積めば請けるだろう」

「私もそう思う」

赤也は鼻筋を摘んで顔を顰《しか》めた。

「平さんまで……仮にだ。仮に炙り屋に依頼するとして、どうやって繋ぐ」

「あいつも俺たちと同じような繋ぎの方法を持っているはず。四三屋《よみ》に訊けば何か判るかもな」

四三屋は表向きどこにでもある口入れ屋である。だが、ごく一部の者には裏稼業の者を斡旋している。いわば闇の口入れ屋なのだ。そこの主人の坊次郎《ぼうじろう》は、誰よりも暗黒街に精通しているといっても過言ではない。迅十郎のことも何か知っているものと思われた。

「明日、俺はお近が一味ではないか確かめ、その足で四三屋に行く」

お近はほぼ白だと思っているが、一つずつ確実に疑いを潰していく必要がある。万が一、和太郎と同心しているならば、出合い頭に襲われることもあり得るのだ。平九郎は所詮女と侮っていない。この世には、驚愕するほど腕が立つ女がいることを知っている。

「俺は上手く燃える支度でもしますか」

赤也は着物の襟を摘んで揺らす。

「何故、私たちを狙うのか。そちらの方からも、もう一度じっくり考えてみる」

現状では黒幕に迫るには、あまりにも手掛かりが少ない。しかし、何かしらの糸口があるはずなのだ。それさえ分かれば突破口は開けるような気がする。これはくらまし屋の頭脳、七瀬に任せるのがよかろう。

「二人とも頼む」

平九郎が低く力を込めて声を発すると、二人はぴたりと揃って力強く頷いた。

七

翌日、平九郎は陽も高くならぬ内から、小料理屋の毬屋に向かった。和太郎の女であったお近は、ここで住み込みの奉公をしている。店は夕刻から開くが、食材の買い出し、店先の掃除など、お近が昼から動くことは聞いてある。和太郎を晦ましたあと、次にお近を上手く晦ませるためだが、その時はこのような事態になるとは思ってもみなかった。

平九郎は卯の刻（午前六時）から近くの路地に潜んで、毬屋の様子を窺っていた。辰の刻（午前八時）、お近が竹箒《たけぼうき》を手に店先に現れる。お近は齢二十三。浅黒い肌で、鼻も高くなく決して美人とはいえない。しかし丸い二重と雀斑《そばかす》が何ともいえぬ愛嬌を醸し出しており、男好きする顔だといえよう。

「お近、今日は宴会が入っているんだ。急いでおくれよ！」

毬屋の女将であろうか。店の中から酒焼けした声で急《せ》き立てられている。

「はい。解りました」

お近は快活に返事をして箒を慌ただしく動かす。目も口も心なしか緩んでいるのは、和太郎と過ごす日々を待ちきれずにいるからだろうか。

「振り向くな」

「あっ……」

平九郎が背後から素早く近づいて声を掛けると、お近はびくんと肩を強張らせた。

「そのまま続けろ」

壁に背を預けて往来を茫と眺める。行き交う人々からは、どこかの浪人が暇を持て余しているように見えるだろう。

「あの時の……」

和太郎の依頼を請けた後、お近の意思を確かめるために会っている。背後から声を掛けたのが何者か、すでに察したようである。

「端的に訊く。掟を破ったな」

「え⁉」

お近は言いつけを守らず、勢いよく振り返った。

「やはりそうか……」

人というものは幾ら命じられていても、予期せぬことには躰が反応してしまう。この様子ではお近は真に心当たりが無いとみてよかろう。

「二度と言わぬ。振り向くな」

「はい……」

お近は蒼白になった顔を前に向け、再び竹箒を動かし始めた。ただ先ほどまでとは違うのは、柄を握る手が微かに震えていることである。

「私は……言われた掟を破っていません……」

小さな呻き声が聞こえる。お近が嗚咽《おえつ》を噛み殺しているのだ。掟を破ったのが誰か、そしてその後どうなったのか早くも察しがついたらしい。お近の手は止まらない。むしろ掃き方が、やや強くなったようにすら思える。

「何か聞いていたのか」

お近は項垂《うなだ》れた首を激しく横に振った。

「和太郎さんが私と逃げたいなんて言うはずないと……お内儀《かみ》さん、息子さんと幸せそうだったもの」

店が繁盛して塩が足りなくなりかけたことがあった。主人に言われて懇意にしている他の料理屋に借りに走った時のことである。縁日にでも行っていたのだろうか。和太郎と子を抱いた妻が、仲睦まじげに歩いている姿を見たことがあるというのだ。

「ああ、幸せなんだなって」

身を引こうと思ったこともある。だが和太郎に会えば折角の決心も蕩《とろ》けてしまい、言い出せないままここまで来た。だから駆け落ちしようと言われた時も、嘘ではないかと疑ってしまったという。

「それでも嬉しかったから……」

お近にとっては望むことを止めた夢が、突如目の前に降って湧いた心地だったのだろう。疑ったのも一時、舞い上がってしまって二つ返事で了承したのだった。

「そうか」

「人の幸せを壊そうとした罰が当たったたんです……」

お近は袖で頬をさっと拭い、手を休めることはない。

「生きろ」

「え……」

このままお近は和太郎の後を追うのではないか。そんなことが頭を過り、思わず口を衝いて零《こぼ》れ出てしまった。

「生きてさえいれば……きっとお主だけを見てくれる、そんな者にいつか巡り合える」

お近は暫し黙り、砂を撫でる竹箒の乾いた音だけが地から起きる。

「意外です。もっと恐ろしい方かと」

「俺を怨めばいい。それでも生きろ」

お近の肩の震えが大きくなり、膝から頽《くずお》れるように屈みこむ。竹箒を杖に何とか踏み止《とど》まっているような恰好である。もはや隠そうとしない嗚咽《おえつ》を置き去りにして、平九郎は身を翻《ひるがえ》してその場を離れた。

八

平九郎は次に日本橋南の守山町にある四三屋に向かう。屋号が書かれたくすんだ看板が吊り下がっている。店の中に入ると、見覚えのない二十歳にも満たぬであろう若い奉公人が出迎えた。挨拶を交わした後、奉公人は両手を膝の前に揃えて尋ねる。

「どのような御用件で？」

「坊次郎に訊きたいことがある」

「私めでもお伺い出来ますが……」

「無理だろうよ」

坊次郎が裏の人材を斡旋していることを知っているのは、奉公人の中でも片腕と頼む一人、二人のみ。昨日今日入ったばかりのようなこの若者が知るとは思えない。

「いいえ。私でも心配ございません」

平九郎は顎を斜めに傾けて目を細めた。若い奉公人の目が、急に底光りしたような気がしたのである。

「炙り……について訊きたいと言っても解るか？」

奉公人は諸手を見せながら平九郎の脇を抜ける。一体どういうことかと思ったが、どうやら近づくが、敵意は無いという意思を伝えようとしたらしい。首を出して外を覗《うかが》うと、ゆっくりと戸を閉め、立てかけてあった心張り棒を支《か》った。

「炙り屋のことですな」

「ほう……」

この若者は四三屋の裏の生業を知っている。入って日も浅い奉公人に、坊次郎がそのことを教えるはずがない。どうした訳かと思った時、若者は慇懃《いんぎん》に頭を下げた後、こちらを見つめて微笑んだ。

「坊次郎の息子、利一《りいち》でございます。以後、お見知りおきのほどを……堤平九郎様」

「あまり似てはいないな」

厚い唇、突き出た頬骨などを持つ、灰汁《あく》の強い顔の坊次郎と、利一は似ても似つかない。顎に向けて細くなっていく輪郭。薄紅色の薄い唇。抜けるように白い肌と、文楽人形の公達《きんだち》を彷彿とさせる美男の部類に入る顔である。

「母に似たのでしょう。私としては喜ばしいことです」

臆面もなく皮肉めいた軽口を叩くあたり、若いのに肝の据わった男らしい。

「坊次郎に子がいるとは、とんと知らなかったぞ」

「このような物騒《ぶっそう》な生業《なりわい》をしていますので、主人は時が来るまでは隠すことを決めましてね」

　確かに子は一種の弱みになる。人質にでも取られようものならば、要求を呑まねばならぬ事態になりかねない。そのことを坊次郎は危惧し、子の存在をずっと隠し続けていたのだろう。

　聞けば利一は当年十八歳。母と共に深川に住んでいたが、その母も三年前に死んだ。その頃から坊次郎は、利一に跡を継がせようと、少しずつ己の生業のことを話して覚えさせた。三年の時を経てようやく店先に立つようになったということらしい。

「俺が坊次郎と会った頃には、仕事を覚え始めていたことになるな」

「はい。主人はおもしろい御方が出て来たと常々話しておりました。やがて江戸の裏は、あの御方を中心に大層振り回されるだろうと」

　平九郎が無言でいると、利一は改めて手をぴたっと揃えて媚《こ》びるような調子で尋ねた。

「それで、お訊きになりたいこととは？」

「坊次郎へ」

　利一の頬がぴくりと引き攣る。

「私は『炙り』の一言で、『炙り屋』だと気付きました」

「そうだな」

「主人の息子だと信じて下さったはず」

「いや、どうだろう。坊次郎の子、利一という男がいるのは真かもしれぬ」

「現にここに……」

「お前が真に利一だという証《あかし》はない」

利一は束の間呆気に取られた表情になったが、手の甲を口に添えてゆっくりと俯《うつむ》いた。笑っている。喉を鳴らすような忍び笑いである。やがてその声はだんだん大きくなっていき、鉄を裂いたような甲高い笑い声が店に響き渡った。利一は目尻に浮かべた涙を、指で拭いつつ顔を擡《もた》げた。

「いや……失礼。申し訳ございません。仰《おつしや》る通りでございます」

平九郎が黙したまま何も答えずにいると、利一はようやく笑い声を収めて呼吸を整えた。

「流石。その一言に尽きます。四三屋も見習わねばなりませんな」

「煽《おだ》てられても同じよ。坊次郎に会わせろ」

「主人は今、他用で出ておりますが、間もなく戻るはず。お待ちになられますか？」

「半刻（一時間）後に出直す」

「私が真にここの者でないならば、閉じ込めて害を為すとお思いですかな……しかし堤様は相当な腕前のはず。私如きに何も出来ませぬ。少々、用心が過ぎるのでは？」

平九郎は心張り棒を外して戸を勢いよく開け放つと、一拍空けて外の様子を窺った。

「覚えておけ。この道で生きるには、臆病過ぎるくらいで丁度いいのだ」

「勉強になります」

利一は眉を開いて口元を緩める。平九郎は四三屋の外に踏み出した。半刻ほどしてもう一度訪ねる。それで会えなければ今日は諦めるつもりでいる。

――四三屋も安泰のようだな。

ああは言ったが九割九分、利一は坊次郎の息子だろうと思っている。相貌こそ似ていないが、大胆と狡猾を混ぜ合わせたような、父の雰囲気を見事に受け継いでいた。薫陶を受けて学んだということもあろうが、あれは持って生まれた天性のものだろう。齢十八にして海千山千の坊次郎に匹敵する老獪《ろうかい》さを感じさせた。

こうしてまた一人、裏の道を行く者が生まれる。だが一度入った者は、そこから出る時はその大多数が物言わぬ骸となっていることを知っている。

――俺はそうはならぬ。

未だ居所も判らぬ妻子に語り掛けるように心中で強く念じ、高い秋の空を薄く覆って広がる、波立った鰯雲《いわしぐも》を目で追った。

九

近隣をぐるりと一周して四三屋の前に戻ると、軒先の看板のすぐ横に男が立っていた。坊次郎である。こちらに気付くと深々と頭を下げる。

「倅《せがれ》が失礼をしたようで申し訳ない」

やはり利一は坊次郎の息子で間違いないということだろう。

「そんなことを詫びるために店先に？」

「大事なお客様でございますので」

「思ってもないことを口にする」

「真でございますよ。どうです？　皆、幸せそうな顔をしているでしょう」

坊次郎は話を転じて、往来を行き交う人々に向けて顎をしゃくった。

「そうだな」

「だが腹の中には皆、闇を抱えているのですよ」

快活な声で物を売る棒手振《ぼてふ》り。裕福そうな商家の若旦那風。稽古事の帰りであろうか、仲良く話しながら連れ立って歩く女子《おなご》たち。一見するとどの者も悩みなどなさそり足うに思える。しかし、くらまし屋に依頼してくる者の多くが、他人から見れば満ち足りた暮らしを送っている者たちであった。

坊次郎は苦笑しながら続けた。

「人はいつからこのように偽って生きるようになったのか。戦国の世はこうではなかった」

「見て来たように言う」

平九郎はふっと息を漏らした。

「妖怪じゃあございませんので、勿論見た訳じゃあない。でもそうでしょう？　欲を剝き出しにしたから、この国は常に戦《いくさ》が絶えなかったはず」

坊次郎は両掌を天に向け、呆れたというような仕草をして言葉を継いだ。

「戦が絶えて百五十年余。人はすっかり猫を被って生きるようになってしまいました」

「まるで神君に愚痴を言っているようだ」

神君とは江戸に幕府を開き、戦乱の世を終わらせるという偉業を成した徳川家康《とくがわいえやす》のことである。人が変わったのが泰平のせいだというならば、その礎《いしずえ》を築いた男に文句を言っているようなもの。

「もし目の前にお越し頂けるならば、一言申し上げます。貴方のせいで人はおかしくなってしまった……とね」

坊次郎は恐れげもなく言う。幕府の役人にでも聞かれようものなら、ただでは済まない。

「豪儀なことだ」

「恐れていては、こんな商いなど出来ません。ともかく人は欲を表に出さなくなった。出せない世になったのです。だが私はそのほうがよっぽど性質《たち》が悪いと思いますがね。吐き出されぬ欲は腹の中で渦巻き、より陰湿なものに変わる……」

坊次郎は目を細めて往来を見つめながら言葉を継ぐ。

「この稼業をやっていると来るのですよ。世間様には善人面をしていながら、とんでもない魔物を心に抱えている輩《やから》が。じめじめした場所の石をひっくり返した時のように、ぞわりと鳥肌が立つこともしばしば……」

坊次郎の言うことには一理ある。平九郎も人の闇に触れる機会は多い。そのような者たちを数多く見て来た。

「だが人は存外、美しいところもある」

「その通り。だからこそややこしいのです。善にして悪、悪にして善。光と影が混合する生き物こそ人というものかと」

「今日はいやに饒舌《じょうぜつ》ではないか」

今まで、このような世間話を坊次郎と交わしたことが無く、ふと奇異に感じた。

「このような世だから、平さんの稼業はますます繁盛する。どうですか。四三屋も取次の一つに加えて頂けないでしょうか」

坊次郎は、厚い唇をきゅっと絞って顔を覗き込んで来た。

「商売熱心なことだ」

詫びとは名目で、こうして往来を眺めながら、この誘いをするのが本命だったのだろう。

「俺には俺の流儀がある」

「勿論、平さんのしたいように。うちに持ち込まれた件のみ、二割頂ければ」

「今回の件次第だ」

「力になりましょう」

坊次郎の頬が引き締まる。

隣家に植えられた銀杏《ぎんなん》は、陽の光を閉じこめたかのように鮮やかに色付いている。乾きの中に幾分かの甘さが漂よう風が吹きぬける。心地よい秋色に包まれながら眼前を通る者たちは、この二人がこんな物騒な話をしているとは夢にも思うまい。

「灸りに頼みたい件がある。繋ぎ方を教えて欲しい」

「これは……珍しいこともあるもんですな。しかし止めておいたほうがよろしい」

「請けぬか？」

平九郎は顎を引いて坊次郎を見た。

坊次郎は鷹揚《おうよう》に首を振る。

「そういうことでは……これ以上は私からは申し上げられません。お察し下さい」

「なるほど。勤めの最中ということか」

肯定も否定もしない。平九郎の予想通りということなのだろう。

「灸りを使いたいということは、誰かをお捜しということでしょうか」

「ああ、そうだ。だがそれが皆目解らぬ」

「なるほど。私がお捜し致しましょう。見つけられた暁には、うちも取次に加えて頂きたい」

坊次郎は世間話でもするような呑気な語調で言う。

「分かった。その代わり急いでもらう」

平九郎は小声で今、己たちの身に降りかかっている一切を細大漏らさず語った。

「ほう……鰄ですか」

「何か知っているな」

坊次郎の反応からそう直感した。

「いや別件でも鰄の話が出ましてね。思うより早く調べられそうです。十数日頂きたい」

「十日だ」

「ご無理を申される」

「まだまだ子に託して隠居というほど、耄碌《もうろく》はしていまい」

利一の才気と胆力には舌を巻いたが、やはり話してみて坊次郎は年季が違うと感じていた。

「解りました」

「代金は……」

「結構でございます。平さんの取次を務めさせて頂く、ほんの手土産と思って下さい」

「ただより高いものは無い。五十両でどうだ」

「見抜かれましたか。では、頂戴致します」

坊次郎は舌をちろりと出した。当人は戯けているつもりらしいが、目の奥が笑っていない。やはり油断のならない男である。

「それにしても……泰平でございますなあ」

改めて往来を眺め見て、坊次郎は間延びした調子で言う。他人が聞けば初老の嘆息に聞こえるだろうが、先ほどの話を聞いているので、平九郎には泰平への怨嗟《えんさ》の声に聞こえた。

平九郎も通りを茫《ぼう》と眺めた。どこかに魚でも届けた帰りだろうか。空になった盥《たらい》を手に、尻《しり》っ端折《ぱしょ》りで駆けていく小粋《こいき》な男が行く。あの者もまた心のどこかに闇を抱えているのか。ふとそのようなことを考えながら、どこか拗ねたような表情の坊次郎の横顔を見た。

第四章　偽りの顔

一

二番手が銀蔵《ぎんぞう》と決まった次の集まり、つまり四日後。銀蔵は、

「くらまし屋の塒《ねぐら》が解った。そこを襲ってかたをつける」

と、袖を捲《まく》り上げながら不敵に笑った。どのように調べ上げたのかは解らない。訊いても教えはしないだろう。鯎《かいらぎ》党に属していた時、それぞれが方々に伝手《つて》を築いている。それを駆使したものだろうとは推測出来る。

そこからさらに四日後、壱助《いちすけ》は、湊町の土蔵に向かった。すでに右近《うこん》と仁吉《にきち》の二人が着いており、蠟燭《ろうそく》がともされている。そこで壱助はすぐにある疑問を抱いた。

「蠟燭が新しくなってやしないか？」

「そうなんです。壱助さんが替えたのでは？」

仁吉は垂れた顎《あご》の肉を摩《さす》りながら尋ねた。

「いいや」

「小野木《おのぎ》殿も違うと……銀蔵でしょうか」

「文《ふみ》の差出人かもしれぬな」

今日も壁を背にした右近がぼそりと呟いた。ここまで大掛かりなことをするのだ。差出人は自ら来るような真似はしていないだろう。口入れ屋で人を雇うか、あるいはそこらの小僧に駄賃を握らせ、運ばせているに違いない。勿論その時には顔を覚えられぬような工夫もしていよう。

「遅いな……」

壱助は足を揺すりながら零した。

四日毎に集まるのは亥《い》の刻（午後十時）と決まっている。未だかつて遅刻した者は誰もいない。それなのに四半刻（三十分）も経っていようが、銀蔵が現れる気配は一向に無い。

「やられたか」

右近が平静な語調で言うと、仁吉は抑えが利《き》かずに肩を震わせた。

「箱には何か入っているようだ。開けるか？」

前回に限らず、漆の箱を空けた後、蓋《ふた》はそのままにしておいている。そのままならば誰も入っていない証左。だが再び文が入っている時は、決まって蓋が閉じられている。今回もまた蓋は閉まっており、中に新たな文があるものと思われる。

「皆が揃《そろ》ってからのほうがよいのでは……？」

仁吉は怖々と交互に二人を見た。

「遅れるということは小野木殿の言うようにやられたか、あるいは逃げたか……」

銀蔵は知る人ぞ知る新進気鋭の役者。明日にでも訪ねてみればよい。恐らく銀蔵の姿が見えないということで、役者仲間の内でも騒動になり始めているのではないか。

「開けろ」

右近が言うが、仁吉は二の足を踏んで行動に移そうとしない。壱助が箱に近づき蓋をずらすようにして開けた。

「文がある」

ばさりと開いて壱助は目で文字を追った。

「どうだ？」

「銀蔵はやられた」

文には書かれていたことは、こうである。

銀蔵が見つけたという、くらまし屋の塒は豊島村《としまむら》の川の渡し場に程近い、人気《ひとけ》の無いあばら家らしい。一昨日の黄昏時《たそがれ》、銀蔵がその茅舎を襲撃するのを見届けた。四半刻ほどして出てきたのは、銀蔵ではなく別の男。くらまし屋であった。そのまま一両日待ってもくらまし屋は戻らない。あばら家の戸は開け放しで、中を覗くと、そこには変わり果てた銀蔵の姿があった。事件が表沙汰になっては己にも都合が悪いと考え、幸いにも近くに川が流れていたので、夜半人気が無くなったところで銀蔵の骸《むくろ》を引きずり出して水中に沈めたという。

「差出人は銀蔵を尾《つ》けていたということですか？」

仁吉が尋ねる。この臆病な男の顔は恐怖に引き攣《つ》っている。

「そういうことになるな」

壱助は吐き捨てて文を右近に手渡した。

「くらまし屋はもう二度と、そのあばら家には戻らないだろう」

右近もさっと目を通して仁吉に回しながら言う。

「まだ続けろと……」

仁吉は手で口を覆いながら絶句する。そう、文は銀蔵の顚末《てんまつ》が書かれた後にも続いている。銀蔵がやられた今、次の者が行けと書かれているのだ。

「誰が行く？」

右近は頰《ほお》を撫《な》ぜながら短く訊く。

「もう嫌だ……私は降ります」

仁吉が文を放り出して逃げようとする。

「待て――」

壱助が手を伸ばして襟《えり》を摑《つか》もうとしたその時、右近が壁を蹴るようにして飛び出し、腰間《ようかん》から刀が迸《ほとばし》った。

「ひっ――」

仁吉が棒立ちになる。回り込んで放った右近の刀は、仁吉の首筋でぴたりと止まっている。

「お前が逃げれば、俺たちは終わりだ」

「小野木殿は……浪人でしょう……別に……」

「元盗賊の用心棒など、誰が雇いたがる」

確かにそうである。右近は主に用心棒で飯を食っていると言っていた。元盗賊とあれば手癖を疑われる。雇い主もそのような者は雇いたくはないのが本音だろう。

「わ、判りました。籤《くじ》で……また籤で決めましょう」

顎を突き出して刃を見下ろしながら、仁吉は絞るように声を出した。右近は小さく舌打ちして刀を鞘《さや》に納める。その動きに一切の淀《よど》みが無く、素人の壱助から見ても相当な達人だと見て取れた。

「それほどの腕前ならば、小野木様が締め上げて下さればよいのに……」

脅しが相当応《こた》えたようで、仁吉は右近を呼ぶ時の敬称を変えていた。

「相手の腕が解らん以上、無暗《むやみ》に戦いたくはない。真の達人ほど臆病なものよ」

「はあ……そのようなものですか」

煙に巻かれたと思ったのか、仁吉はやや不満そうに相槌を打つ。

「しかし、腑《ふ》に落ちないな……」

壱助は、顎に手を添えつつ零《こぼ》した。

「何がでしょうか?」

仁吉が、独り言に食いつく。

「文の差出人は元々くらまし屋が相当に手強いと知っていたから、俺たちをけしかけたのだろう。もしくは己の腕に余程自信が無いかのどちらかだ」

そうでなくては一人でくらまし屋を締め上げ、一万両という、人生を五度は送れるほどの莫大な金を独り占めするはず。仮に後者であったとしても、和太郎《わたろう》、銀蔵と立て続けにやられたのだから、かなりの強敵だと解っているはず。

「それなのに、未だ一人ずつ向かわせる訳は何だ？」

「あ……確かに」

「一つ考えられるとすれば、金の分配か」

一万両の金の内、五千両を差出人が取ると言っている。残りの五千両を五人で山分けにするはずだった。だが、差出人がこちらの動きを注視していることは、銀蔵の顛末を知っていることから見ても間違いない。

「くらまし屋から一人が聞き出したところで接触し、三千両をやるから話せといえば転びそうだな」

「そんなこと、ありませんよ！」、
じろりと見ると、仁吉は両手を顔の横で激しく振って否定する。そうなれば差出人は七千両と予定よりも多く取ることが出来る。この場ではそう言っているが、仁吉の性格を考えれば乗っても何らおかしくない。和太郎、銀蔵も同様ではなかったろうか。右近もまた金に目が眩《くら》む可能性もある。

今一つ、壱助は疑問を抱いている。

もともと五人の正体を知って集めたのだから、それぞれの今の職、住まいなどは調べ上げられているとみて間違いない。銀蔵は自宅から尾行されていたのだろう。だが問題はそれではない。

――二番手が銀蔵だとどうやって知った。

この一点が解らないのだ。銀蔵だけでなく、一番手の和太郎の時もそうであった。五人が土蔵に集まり、誰がくらまし屋に向かうかを決める。順番が指定されている訳でもないし、どのように決めるかも文の差出人には不明のはず。人を雇って五人に四六時中監視を付けているのか。いや金で雇うのは危険を孕《はら》んでいる。こちらが尾行に気付き、買収して文の差出人の元へ辿《たど》り着くことも考えられるのだ。

「複数なのか……」

「え？」

思わず口から声が零れ、仁吉が敏感に反応する。壱助はそれを一瞥《いちべつ》するのみで再び黙考した。

金で雇っていないとなると、そもそも差出人は単独ではなく複数の集団。とはいえそれでも必ず裏切らないとは限らない。やはり辿り着く答えは、当初から考えが過《よぎ》ったように、

――この中に文の主がいる。

と、考えざるを得ないのだ。

「もう三人だ。腹を割って話さねえか？」

壱助はずいと一歩踏み出し、先ほどまで頭の中を巡っていたことを二人にぶつけた。

仁吉は全く考えていなかったようで感心しているが、これも演技をしていることもあり得る。

右近は凡《およ》その見当はついていたのだろう。たまに頷いてみせるのみで、さして驚く様子は無かった。

「ではこの中に、黒幕が……？」

心なしか仁吉の息が荒くなっている。

「お前ってこともある」

「私は違います！」

「どうだろうな」

壱助は地に唾を吐き捨てた。

「お主が黒幕ということもあろう」

「ああ、その通りだ」

右近の横槍に、壱助は素直に頷いた。

「しかし……籤で決めたのですよ？」

仁吉は身振りを交えながら言う。一度目に誰が向かうかを決めようとした時、籤を提案したのは銀蔵であり、仁吉が懐紙で紙縒《こよ》りを作り、それを籤として皆が引いた。そして一本だけ短い紙縒りを引いたのが、和太郎という結果であった。

「お前が怪しくなるわな」

壱助は鼻先を人差し指で掻《か》きながら仁吉を睨《にら》んだ。籤を作った当人が最も怪しいだろう。

「待って下さい。二回目は銀蔵さんが作ったんですよ⁉」

確かにその通りである。一本だけ短い紙縒りを作ると、握りの甘さが出ると言い、銀蔵が持っていた紅で先を染めたものを作ってそれを当たりとした。銀蔵がそのまま握り、すでに死んだと見られる和太郎を除く四人が引く。そして三人の紙縒りの先は白。残っていた一本、つまり銀蔵のものが当たりであった。こうして二番手は銀蔵となったが、やはりこれも一番手と同様、くらまし屋の返り討ちに遭って逝《い》った。二人の者が籤作りに携わっている以上、どちらにも細工をすることは不可能。しかも一人は自分が作った籤のせいで死んでいるのだ。

「だが、やっぱりそれじゃ、誰がくらまし屋に向かうのか差出人には解らねえ」

「私にも解りかねますが……」

「もう三人になった。中に疑わしい者がいる。互いの素性を語り合おうじゃねえか」

「そ、それは……」

仁吉がちらりと右近を見る。訳は分かる。己と仁吉は、初めから互いに素性を知り合っているのだ。

「まず俺から。俺は元鯱党の七番組小頭を務めた伝次郎だ。抜狸《ぬけだぬき》の二つ名で呼ばれていた」

「ほう……」

右近は鴟《みみずく》のような声を出した。

伝次郎は凶行を何とも思わぬ鯱党の中にあって、もっとも手際の良さに拘《こだわ》った。別に人を殺すことを恐れた訳ではない。むしろ当時の己はそのことに何の感慨も持たなかった。ただ対象に気付かれず、上手く勤めをやり遂げた時、何とも言えぬ快感を覚えた。伝次郎は綿密に下準備をし、家主に気付かれぬように颯爽《さっそう》と金を奪い去る。狸が化かしたように金を抜き取ることから、そのような異名を取っていたのである。

「俺は四人の内、二人の素性を知っている。まず殺された和太郎。あれは俺の組下にいた蛇吉《へびきち》という男だ」

寄木細工職人。あれは蛇吉の元来の姿である。小田原の寄木細工職人の次男として生まれ、父から才を受け継いだのか手先は滅法《めっぽう》器用だった。しかし温厚な兄とは違い、飲む打つ買うの三拍子が揃った無頼者。金に困っていたところを己が勧誘して組下に加え、元々いた錠前破りが老境に差し掛かっていたこともあり、その技を学ばせたのである。蛇吉は僅か一年で師匠を超える腕となって重宝していた。

「もう一人は……お前だ、仁吉。いや元鯱党九番組小頭、『紅蜘蛛《べにぐも》』の参兵衛《さんべえ》」

俯いていた仁吉がひょいと顔を上げて片笑んだ。

「伝次郎さん、改めまして……お久しぶりです」

「随分と肥えたな。初めは判らなかったぜ」

参兵衛と呼ばれていた頃は、体格こそ良かったものの躰は引き締まっていた。今では見る影もなく肉がどっしりと乗っている。

「勤めを辞めると鈍《にぶ》ってこの通り。それにしても勝手にばらしちゃ嫌ですよ。自ら話すつもりだったのに」

「てめえほどの嘘つきは知らねえ。何、怯えている振りしてんだ。九番組の入った屋敷は血塗れ……だから紅蜘蛛と呼ばれたんだろうが」

「楽しみながら盗む。これが九番組の合言葉ですからね」

人変わりしたかのように仁吉の目が据わる。中身が昔の参兵衛に立ち戻っている。

初めてここで再会した時から、仁吉は己のことを知らぬ振りを決め込んでいた。わざわざ言う必要はあるまいと、壱助もそれに乗っかって今まで来たのである。

「お前、銀蔵のことを知っているか？」

「いいえ。うちの組じゃあないですね」

「ああ、ありゃどこだ……」

そもそも鯱党は小頭どうしも顔を合わせたことの無い者がいる。壱助も一、四、六、そして九番組小頭の、参兵衛と呼ばれていた仁吉にしか会ったことが無い。

「四番でないことは確かだ」

それまで二人のやり取りを見守っていた右近が口を開いた。

「てえことは……」

「四番組下にいた千谷仁吾郎《せんたにじんごろう》と謂う」

「へえ。疑う訳じゃあねえが、頭の名は？」

「四番組小頭は『枯神《かれがみ》』の九鬼段蔵《くきだんぞう》」

「嘘は言っていねえようだ」

確かに右近の言うように、四番組小頭の名は九鬼段蔵。志摩《しま》国の出身で、摂津三田《せっつさんだ》藩の九鬼家と戦国の頃に分かれた支流だと嘯いていたが眉唾《まゆつば》であろう。九鬼の率いる四番組は鹹党一の武闘派と言われていた。狙った屋敷や商家の人はおろか、犬猫まで命を枯らすが如く殺《あや》めることから、九鬼は「枯神」の名で恐れられていた。だが九鬼は鹹党が潰《つい》える少し前、突如行方を晦《くら》ませた。

当時は頭が副頭を疑い始めていた時期であった。九鬼はいずれ己にも火の粉が掛かると思い、逃げ出したのではないか。壱助もまた鹹党は潮時だと見ていたので、そのように考えたのをよく覚えている。

ともかくその武闘派の四番組の出身ならば、右近の手並みが優れているのも納得出来た。

「どこの組か、はきとしないのは、銀蔵さんだけということですか」

仁吉は突き出た腹の前で手を組みつつ言葉を発した。

「だがその銀蔵も死んだ……それなのに文は来ている。五人の中にいると思ったが……」

「取り越し苦労みたいだったようですね」

「ああ。だが一体どうやってこっちの動きを知ってやがる……」

壱助が唸《うな》っていると、横から右近が口を出してきた。

「繋《つな》ぐ場所ではないか？」

「なるほど……それか」

毎回、一度目は目黒の五百羅漢寺、二度目は吉原の九郎助《くろすけ》稲荷といったように、くらまし屋に繋ぐ場所と方法が文に記されている。差出人は一人ずつ順に向かうように指示を出してきている。つまり初めから繋ぎの方法を五つ用意していると考えられた。

「だがそれを一度に書いてこちらに選ばせるのではなく、毎回一つずつ小出しにしている。つまり……」

「差出人はそこを見張っているということか」

壱助が拳を掌に打ち付けると、右近は小さく頷いた。確かにそれならば五人の内、誰が動いているのかが分かる。

「今回はこれですね」

仁吉はひらりとこちらに向けた文の一箇所を指差した。

「椙森《すぎのもり》の社か」

日本橋堀留町《ほりどめちょう》にある、藤原秀郷《ふじわらのひでさと》に縁があると言われている社である。そこの拝殿のすぐそばに、富籤を記念して建てられた富塚と呼ばれる塚がある。今回の繋ぎの手法は、その塚の裏に穴を掘って文を埋めるというものであった。

「昼間は人通りも多くて難しそうだ」

「今宵の内に埋めちまうか」

「で、誰が行きます？」

「富籤の塚か。やはり籤でいくしか……」

「私がやりましょう」

これまで乗り気でなかった仁吉が言い切ったので、壱助は暫《しば》し呆気に取られた。

「どういう風の吹き回しだ？」

「伝次……いや壱助さんの推理、心の内を聞いて思いついたことがあるのですよ」

頬をつるりと撫でた仁吉の口元が緩んでいる。

「何だ」

「壱助さんは今の暮らしが守られれば、金は要らないと仰る」

「そうだ」

「ではご提案です。私が上手くやった暁には、八千両頂きたい」

「八千両だと？」

御頭の隠し金は一万両とのこと。内半分を差出人に取られ、残りを生き残った三人で山分けして千六百両と少しになるはず。仮に己の分を仁吉に回しても三千三百両ほど。八千両には遥かに足りない。

「話を整理しますと……」

差出人は隠し金の大まかな場所を知っている。例えば何々村だの、何々宿場だのそういうことだろう。しかしそこからの詳しいことは、元御頭の側近で、今はくらまし屋の男が知っている。故に差出人は自らの手を汚さず、くらまし屋から秘密を聞き出すために、己たちを利用しようとしている。

「差出人も私が殺ります」

仁吉の目が妖《あや》しく光った。

まずくらまし屋から秘密を聞き出す。壱助の推理した通り、差出人が金を多く取るため一人ずつ向かわせているのならば、仁吉に接触してくるだろう。そこを反対に捕まえて、残る手掛かりである場所も聞き出してしまう。その上で差出人を殺して口を封じるというのだ。

「これまでと違って、えらく強気だな」

今までこちらに見せていたのは仁吉の演技だとは解っていたが、あまりに態度に差があるので思わず苦笑してしまった。

「よい案が閃《ひらめ》いたのですよ」

こめかみを指で叩きながら仁吉は答えた。

「もし、差出人が近づいて来なければどうする？」

「その時は……もっと容易い」

接触が無かったとすれば、差出人は恐らくまたこの土蔵に文を寄こすだろう。内容はくらまし屋から聞き出したことを紙に書き、漆の箱の中に入れておけというところか。

「あ、言い忘れましたが、くらまし屋は殺しますよ」

仁吉は世間話をするようにさらりと言った。

手掛かりを聞き出したくらまし屋はもはや用済み。さっさと消し去ってしまう。そうすれば隠し金の手掛かりを知るのはこちら側のみ。

「差出人は約束を違《たが》えれば、己たちが元盗賊だということを吹聴するといっているが、こちらもそれをすれば、手掛かりは決して教えないと文に書いて置いておくのです」

差出人の目的も隠し金。これには困り果て、互いの出方を窺《うかが》って暫く膠着《こうちゃく》するに違いない。

「ここで隠し金を共に取りにいくならば、手掛かりを教えると言ってやるのです。壱助さんは金が要らないことを告げ、三人での山分けを提案してもよいかもしれない」

仁吉は饒舌に己の策を話し続けた。

「小野木様にお願いが。隠し金を見つけた時に……こう」

己の手を刀に見立て、仁吉は宙を斜めに斬った。

「なるほど」

「小野木様のお力を借りる場合、とり分を増し、私が六千、小野木様が四千でいかが？」

策を出したのは己なのだから当然と言わんばかりに、仁吉は得意顔で目を細める。

「俺が貴様を斬り、一万両全てを奪うかもしれぬぞ」

「それは織り込み済み。こちらも手を打たせて頂きますので」

「ほう……まあ、悪くない」

右近は腰の刀に手を添えつつ、ぶっきら棒に了承した。

「壱助さん、後で文句は止めて下さいよ？」

「言わねえさ。俺は危険な目に遭わず、お前たちがけりをつけてくれればそれに越したことはない」

「決まりました。では明日から動きます。念を押すようですが、私一人で片付けられたなら……」

「八千両だな。諄《くど》い」

「では、また四日後」

容姿と共に性格も随分丸くなったように見えたが、仁吉は紅蜘蛛の参兵衛と呼ばれていた頃に、一瞬のうちに立ち戻った。いや、己を偽って市井《しせい》に上手く溶け込んでいただけなのかもしれない。盗賊はどこまでいっても盗賊。どう足掻《あが》いたところで、変われないということだろうか。

――俺はどうだ。

壱助は己の掌をじっと見詰めた。幾ら手際の良さを売りにしていたとはいえ、これまで何人もの人を殺めて来た。包丁を握って客に舌鼓を打たせるこの手は、今もその感覚を忘れさせてくれない。己もまた鬼の顔に面を付け、偽って生きている。そんな考えを振り払うように、壱助は小さく首を振ってぐっと拳を固めた。

二

四三屋《よみ》の坊次郎《ぼうじろう》から呼び出しがあったのは、依頼をしてきっちり十日後のことであった。平九郎《へいくろう》が四三屋を訪ねると、先日の如く息子の利一《りいち》が出迎えた。

「これは堤《つつみ》様、先日はどうも」

「坊次郎は……」

「あれ……真に堤様で？」

訊こうとするのを遮り、利一は眉を寄せて膝を半ば折って、菅笠《すげがさ》を被ったままの平九郎の顔を覗き込んだ。

「確かに堤様です。安心しました」

胸にそっと手を添え、利一は安堵《あんど》するような表情になった。

「何のつもりだ」

「臆病なくらいが丁度いいと仰ったじゃありませんか。勉強させて頂くと申し上げたはず」

利一は口角を少し上げて薄く笑んだ。

――こいつ。

平九郎は口内で舌を弾いた。先日の意趣返しのつもりか。やはり蛙《かえる》の子は蛙、この若さで坊次郎に似て食えぬ男である。

「ええと、主人でございますね。奥でお待ちです。清六《せいろく》、ご案内を」

利一は帳面の山を運んでいる小僧に命じた。この小僧は四三屋の裏の生業を知らないのだ。愛想よく返事をして帳面を置く。利一は奥へと招くように手を宙に滑らせた。

「どうぞ、すぐに茶を……」

「俺はここでは何も口にしない。覚えておけ」

「これはまた一つ勉強になります。今後ともご指導ご鞭撻《べんたつ》のほどを」

深々と頭を下げる利一を置き去りに、平九郎は小僧に案内されて奥へと進んだ。小僧が下がっていくのを見届けた後、平九郎はゆっくりと襖《ふすま》を開ける。

「いらっしゃいませ」

膝を揃えて待ち構えていた坊次郎が、こちらを見上げた。

「厄介な息子だな」

平九郎は吐き捨てると、襖を閉めて壁に背を預けた。

「申し訳ございません」

「誉め言葉だ。あれくらいで丁度いいのだろう」

坊次郎は片笑んで会釈した。

「お話ししても？」

何かあった時に即座に動けるよう、平九郎は壁にもたれ、立ったまま話す。坊次郎もそれを知っており、座ることを促しはしない。若い利一との差はまだこのあたりにある。

「ああ」

「まず寄木細工職人の和太郎ですが、元鯱党で間違いありません。本当の名は蛇吉。七番組に属して『毒蝮《どくまむし》』の異名を取った錠前破りです」

鯱党は頭、副頭の下で十組に分かれて競うように盗みを働いていたという。和太郎はその内の七番組にいたということらしい。

「誰からの話だ……と、訊いても無駄だろうな」

坊次郎は江戸の暗黒街に独自の情報網を布《し》いている。訊いたところで簡単に明かしはしないと思ったが、念のために尋ねてみた。

「和太郎の錠前破りの師という男が、うちの名簿に名を連ねていましてね。そこからです」

「教えるとは珍しいな」

「平さんは大事な取引相手ですから」

坊次郎は微笑みながら首を傾けた。前回の話といい、坊次郎にはどうしても己を手《て》駒《ごま》に加えたい訳があるのだろう。故に大盤振る舞いをして信を得ようとしていると見た。

「碌《ろく》でもないことをやらされそうだ」

平九郎が鼻を鳴らすと、坊次郎は重そうな一重瞼を持ち上げて目を見開いた。

「流石《さすが》、もうお気づきのようで。確かに、ちと頼みたいことがあります。ですがまたそれは後日……」

宥《なだ》めるように坊次郎は掌を見せ、話を元に引き戻す。

「和太郎ですが、ここのところよく夜に外出していたようです」

「酒場か？」

坊次郎はゆっくりと首を横に振る。

「確かに和太郎は日頃からよく酒場にも出入りしていましたが、ここ半月ほどは馴染みの店に顔を見せていませんでした」

「つまり何か別の用で出ていたと？」

「はい。此度《こたび》、平さんが襲われたことと何か関係があると考えられます。和太郎は御頭の隠し金と申したのでしょう？」

「ああ、間違いない」

「心当たりは？」

「無い」

小気味よいほど速く会話が転がっていたが、ここで坊次郎は首を捻《ひね》ってやや間を空けて言った。

「では、彼が勘違いしていたということです。和太郎は平さんを知らない、つまり何者かが焚《た》き付けている」

坊次郎はお復習《さら》いするように話す。その何者かを捜すことを坊次郎に依頼したのだ。

「見つかったか？」

「まず鯱党は二百五十を超す大所帯でした。瓦解《がかい》した後も半数の組は、それぞれ別の盗賊一味としてご活躍のようです」

ご活躍とはよく言ったものだが、坊次郎は大真面目な顔である。

「残り半数は散り散りに。私の調べた限り、今江戸にいる元鯱党は九人」

坊次郎は左の掌に右手の四本の指を添えた。これほどの短期間でよく調べたものである。

「その内、怪しい男が二人いました」

左手をすうっと下ろし、二本の指だけ残して他を折った。

「名は」

「一人は南八丁堀で骨董を商っている仁吉。これの正体は九番組の小頭で『紅蜘蛛』の参兵衛という者」

でっぷりと肥えた男であるという。盗賊稼業をしていて図らずも目が養われたのだろう。他の骨董屋も困った時には頼るほどの目利《めき》きらしい。坊次郎は指を一本にして続けた。

「もう一人は、深川の小料理屋『井原《いはら》』の花板で壱助。これは七番組小頭の『抜狸』伝次郎で間違いないかと」

「二人とも大物だな」

「だからこそ余計に怪しい。この二人、和太郎と同じくここのところ四日に一度、必ずどこかに行っているようです」

「つまり和太郎も含め、皆で集まっていたと？」

「その線が濃いと思います」

坊次郎は大きな頭を縦に振った。

「礼を言う。そこまで判れば十分だ」

この二人のどちらかを締め上げ、事の真相を吐かせるのが得策であろう。平九郎が襖に手を掛けようとするのを、坊次郎は引き留めた。

「お待ちを」

「まだ何かあるのか？」

「面白いことが。二人の内の一人、仁吉が浪人を集めようと、方々に伝手を求めているようです」

「……なるほど。出向く必要はないという訳か」

「毎度、ありがとうございます」

坊次郎は目尻に皺を寄せると、厚い唇を捻るように綻ばせた。この男に頼んで正解だったという反面、借りを作ってしまったことを些《いささ》か後悔し、平九郎は苦笑を残して部屋を後にした。

繋ぎの場所を見回っていた赤也《あかや》が、日本橋堀留町椙森の社の富塚の裏に文があったと報せてきたのは、その翌日のことであった。

差出人は南八丁堀の骨董商、仁吉。坊次郎の思い描いた絵図が、面白いほどに転がり込んできていた。

三

壱助は目を松の葉の如く細めながら、行燈《あんどん》の火をそっと提灯に移した。

「今夜も？」

「起こしたか。すまない」

妻のお種《たね》である。先ほどは小さな寝息を立てていたが、どうやら物音で起こしたらしい。壱助が己の長屋に戻って来たのは亥の刻。店の客が凡《およ》そ引けたところで、後を若い衆に任せて戻って来た。帰った時にはお種はすでに布団の中にいた。これまではいつも起きて待っていてくれたが、子が出来たらそうもいかないらしい。壱助もまた己のことなど気にせず、腹の子の為にも早く眠れと言いつけてある。

魚臭い着物を着がえた後、暫し安らかなお種の寝顔を見ていた。あと半年ほどで生まれて来る子のことが頭を過《よぎ》る。

――心配するな。もうすぐ片がつく。

お種や子に向け、壱助は心の中で呟いた。半刻ほど見つめた後、出掛ける支度を始めたところで、お種が目を覚ましたという訳だ。

「お戻りは？」

「いつも通り、子《ね》の刻（午前零時）は回るだろうな」

お種には勿論、本当のことを告げていない。かといってこんな夜半に出掛けるなど、訝《いぶか》しまれて当然。

――昔の仲間を足抜けさせるため集まっている。

やくざ者だった時、大層世話になった男がいた。その者も堅気になりたいと考えているが、親分が易々と許してくれない。相応の金を用意しろと迫られている。その男を助けようと、すでに堅気になった昔の仲間五人が集まって今後のことを相談したり、幾ばくかの金を持ち寄ったりしている。苦しい言い訳だと思ったがお種は、

「あなたが仲間想いなのは知っています。助けてあげて下さい。きっとその方も生き直せるはず。ただくれぐれも無理だけはしないで下さいね」

と、誇らしいのと、不安が入り混じったような顔で言ってくれた。そんなお種に嘘をつくことは心が痛むが、それも間もなく終わるだろう。

この件に巻き込まれてから、壱助はくらまし屋のことも調べた。店の若い衆や客に尋ねると、呆気ないほど簡単にくらまし屋のことを知る者がいた。しかも一人や二人ではない。どうやら市井でも噂になっているらしく、十数人の者から話を聞くことが出来た。

ただそれぞれで言うことが異なる。武士だと言う者もいれば、町人風だと言う者もいる。三十絡みの男らしいと話す者、いやいや白髪の老人だと歳や相貌も定まらない。挙句の果てには男ではなく、女だと言う者までいるのだ。

――これは玄人に訊いたほうがよさそうだ。

前回の集まりの翌日、壱助は高輪《たかなわ》へと向かった。昔、盗賊稼業の時に付き合いのあった、高輪の禄兵衛《ろくべえ》という香具師《やし》の大親分の下にいる、陣吾《じんご》の元を訪ねたのである。

高輪にある上津屋《こうづ》という旅籠《はたご》、これが禄兵衛の息の掛かったものだと壱助は知っている。

「よう、陣吾」

「お前……」

上津屋を訪ねた時、迎えたのは陣吾。禄兵衛の片腕ともいうべき男である。

「達者か」

「ちょっと奥へ来い」

丁度、泊まり客が宿帳を書いていたので、その目を憚《はばか》ったのであろう。陣吾は上津屋の奥へと招き入れた。

「いきなり訪ねて来るから、物の怪かと思ったぞ。三年ぶりか？」

一室に落ち着くと、陣吾は尋ねた。

「ああ、それくらいになるか」

「鯱党は五つに分かれたと聞いたが、その中にお前の七番組は無かった」

「足を洗ったのさ」

壱助は腿のあたりを手で払いながら微笑《ほほえ》んだ。

「今、何をしている」

「深川で板前を」

「ああ、お前は確か料理茶屋で包丁を握っていたと言っていたな」

「よくそんなことを覚えているな。流石、禄……」

陣吾は指を口に当てて鋭く息を吐く。

「すまない。俺も堅気になって、随分と鈍っちまったようだ」

壱助は片手で拝むようにして謝った。客は疎《おろ》か、奉公人ですらここが禄兵衛の持ち物だと知らぬ者がいるのだ。

「一時期、不穏な噂が流れて心配していたのだ」

「不穏な噂？」

鸚鵡《おうむ》返しに訊き返したが、陣吾は言葉を濁して尋ね返した。

「いや……で、どうした？」

「頼みがある」

「俺に出来ることならば聞いてやる。お前には借りがあるからな」

陣吾は声を一層落として囁《ささや》くように言った。

三年前の話である。芝《しば》を中心に勢力を伸ばし始めた香具師の元締めで、芝の久松《ひさまつ》と呼ばれる男がいた。久松は阿片《あへん》を取り扱うことで潤沢な資金を得ていた。幕府は阿片の取り締まりには滅法厳しい。故に禄兵衛に限らず、大抵の香具師の元締めが危険を嫌って扱わない。新興の久松は危険を承知でそこに目を付け、勢力を伸ばし続けたという訳だ。

金のあるところに人は集まる。久松の子分は百人を超えるようになり、高輪の禄兵衛とも縄張りを争って小競り合いが起きるほどになっていたのである。

――久松を黙らせたい。

禄兵衛は期待株であった陣吾に、苦々しくぼやいた。久松を潰すことが出来たならば、陣吾の地位は鰻上りとなる。失敗したならば禄兵衛は、

――陣吾はとっくに破門にしている。うちとは関わりない。

などと、切り捨てることは容易に想像出来る。陣吾にとって、いわばこれは出世のための賭けであった。とはいえ、当時の陣吾の直属の子分は十人ほど。真正面から久松とぶつかっては勝ち目がない。そこで陣吾は禄兵衛にたった一つだけ、力を貸して欲しいと頼んだ。鰄党の頭と繋ぎをつけるということである。

陣吾の願いは聞き届けられ、鰄党の頭と面会を果たすことが出来た。頭は配下の十組の小頭の内、乗る者がいるならば構わないと答え、事情の一切が小頭たちの元に伝わった。

「大きなやまだが、俺はいけると思ったのさ」

壱助は当時のことを思い出しながら言った。

他の小頭たちが熟考している時、真っ先に手を挙げたのが己だった。

壱助は近く久松が大きな取引をすることを調べ上げた。久松が妾のところに出掛けた夜。屋敷に入って土蔵を破り、次々と金を運び出したのだ。準備に時を掛ける壱助にとっては、珍しい力業であった。しかし飛ぶ鳥を落とす勢いの己に、盗みを働こうとする者がいるはずがないと、久松が油断していることを壱助は見逃さなかったのである。

「あれには助かった」

「こちらも儲《もう》けさせてもらったさ」

手持ちの金の大半を奪われ、久松は取引を中止せざるを得なくなった。素人ならば、また一からやり直せばよいと思うだろうが、そうはいかないのが裏の道。久松の信用が失墜し、誰も取引に応じようとしない。金で集まった者は、金がなくなれば去っていくもの。久松は子分の大半に見限られて、逃げるように江戸から去って行った。噂では上方に行ったともいうが、壱助には興味の無いことである。

陣吾はこのことで大いに株を上げ、一躍《いちやく》禄兵衛の片腕の地位まで上り詰めたのである。

「で、頼みとは？」

陣吾は身を乗り出して顔を近づける。

「くらまし屋のことを知りたい」

「使うのか？」

陣吾が否定しないことからも、それが存在していることは確かである。

「いや、実はな……」

壱助は陣吾にこれまでのことをつぶさに話した。

「なるほどな」

陣吾は腕を組んで唸《うな》るように言った。

「どうだ？」

「俺は会ったことがある」

「何……」

高輪の禄兵衛は、これまでに何度かくらまし屋を使ったことがあるらしい。その中で陣吾も姿を見たどころか、言葉を交わしたこともあると言った。

「とはいえ、俺も素性は知らねえ。あれが元鯎党だとはな……」

「すでに二人やられた。強いのか？」

「ここだけの話だ。絶対口外するなよ」

陣吾は重々しく話し出す。以前、禄兵衛がくらまし屋に勤めを依頼した時の話である。元は厄介者二人を追い払うためだったのだが、話が縺《もつ》れてくらまし屋は、浅草《あさくさ》の香具師の元締めである丑蔵《うしぞう》と事を構えることになった。

「丑蔵っていやあ……」

何者かに襲撃を受け、子分十数人と共に骸で見つかった。抗争が始まるのではないかと、当時その話で市井は持ち切りだったのを覚えている。

「あれは、くらまし屋一人の仕業だ」

「こりゃ、駄目だ」

壱助はお手上げといったように、両手を軽く上げた。そのような化物を相手に勝てるはずがない。

「そう、くらまし屋には手を出すな」

「そのつもりだ」

壱助は自分の番になったら、一切合切をくらまし屋に話し、己に害意が無いことを告げるつもりである。裏稼業の者は自身を狙う者に容赦しない。きっとどんな手を使

ってでも差出人を捜し出すだろう。そして、

——くらまし屋に差出人を始末させる。

これが壱助の思い描いた絵図である。

「名案だ。あの男は必ず黒幕を仕留める」

陣吾も同調してくれたことで、己の策への自信を強めた。

陣吾は口に手を添えて考え込んでいる。

「どうかしたか？」

「いや……この件はやはり奇妙だ」

確かに鰄党の壊滅と前後して、くらまし屋が江戸に現れた。時期的には符合する。

だが陣吾は、くらまし屋が元鰄党とはどうしても思えないと言うのだ。

「くらまし屋が金を欲しているとは思えねえ」

確かにくらまし屋は依頼を請けるのに大金を取る。だが陣吾の知る限り一人につき五十両から百両ほど。もし金が目的で裏稼業をしており、一万両の当てがあるのならわざわざ稼業を続ける必要は無い。回りくどい稼ぎ方などせず、御頭の隠し金を全力で追うだろう。つまり陣吾は、くらまし屋は金とは別の理由で、裏の道に入ったと見ている。

「そもそも隠し金なんて、本当にあるのか？」

陣吾は根本のところを疑った。

「いや……それも判らない。だが貯め込んでいてもおかしくない額だ」

「仮にあったとして虎の子の金の在処を、あの猜疑《さいぎ》心の強い男が配下に教えるか？」

陣吾の言うことに一理ある。頭は副頭が己の地位を脅かすと考え、配下に暗殺を命じたほど病的なまでに疑い深い性質である。いや元来はそうでなかったのかもしれないが、金を得れば得るほど猜疑心が強くなっていったのかもしれない。金にはそのような魔力がある。

「さっき俺が心配したと言ったのを覚えているか？」

「ああ……不穏な噂とか」

「そうだ。昨年のことだ。鯱党のことを嗅ぎまわっている奴がいたのさ」

「何と？」

「三年前のあの日の前後、江戸にいたのはどこの組か。裏の者にそう訊いて回っていたらしい」

陣吾の言うあの日とは、副頭が暗殺された日のことである。

「何……どんな奴だ？」

「若い男だったということは確かだ。目的も判らねえが……お前の組は江戸にいたよな」

「ああ、だが俺だけは江戸を離れて、蛇吉が指揮を執って……」

鯱党の十組はばらばらに動いており、ある組は陸奥《むつ》、またある組は上方と日ノ本中に散っている。ただ勤めが重ならぬようにと、それぞれの小頭には他の組がどこにいるかだけは知らされている。

あの前後に江戸にいたのはと、記憶を呼び起こした壱助はあっと声を上げた。

「どうした？」

「江戸にいたのは四番、七番、九番……今回の……」

土蔵に集められた五人のことである。まず参兵衛と名乗っていた頃の仁吉は、自身の率いる九番組と共に江戸に滞在していた。

七番組も同様である。だが少し違うのは、己は江戸を離れる用があり、和太郎こと蛇吉に組を預けていたという点である。

最後に四番組。少し前に頭の九鬼段蔵が失踪し、新たな小頭が選抜されたことは知っているが、その者の名も顔も知らない。もし壱助の考えが正しいのならば、

「四番組の頭は……小野木右近」

この奇妙な符合は偶然ではあるまい。

「副頭がまだ生きている……復讐か」

副頭は駿河の組の応援に向かう道中、箱根で襲われて谷底に転落した。万が一にも助からないと思っていたが、その後に頭が愛妾の家で殺されるという事件が起き、生きているのではないかという噂が立ったのである。

「いや、違う。有り得ねえ」

頭が何者かに殺されたのは、副頭が崖から落ちた僅か一月後。仮に生きていたとしても重傷を負っているはず。また、江戸にいた四、七、九番組のうち、どの組が副頭暗殺に関わったのか、外には知られていないが、当事者の副頭はその下手人を知っているのだ。こんな回りくどいことをする必要は無い。

それでもこの前後のことを聞き込んでいた者がいること。実際にその三つの組の主だった者が集められたことを考えると、無関係とは思えない。

「よく思い出せ」

陣吾に迫られて、壱助は当時の記憶を揺り起こそうと、過去の中に没頭した。

当時の御頭は相当に神経を擦り減らし、誰も信じようとはしなかった。副頭に差し向ける刺客を選定した後も、それ以外の組に勘付かれぬように、決行の同日にある富商を襲わせることを決めた。意識をそちらに集中させるためである。これまで別々に行動してきた鯱党にとって、組連合での盗みは珍しい。皆が訝しんだが、相手が用心棒を雇うほどの富商だと知って納得した。この打ち合わせで壱助は、初めて仁吉と顔を合わせたのである。

「なるほど……そっちだったか」

「どうした」

「あの日、三つの組は日本橋の老舗《しにせ》呉服問屋『尾張屋《おわりや》』を襲った……」

鯱党として最後にして最大の勤めだった。一家奉公人含めて三十人以上が惨殺され、土蔵から三千両もの大金が消えた。さらに火を放たれて尾張屋は炎上。幕府もこれは見過ごせぬと、火盗改《かとうあらため》を繰り出して徹底的に鯱党を追った。だが、その時には鯱党は頭と副頭を失って自壊しており、なかなか足取りが摑めなかった。幕府も次の事件が無いことに一安心したのか、探索の手を緩め、やがて人々の記憶から消えていくことになった。

「まさか……」

「これは尾張屋の復讐だ」

副頭の復讐でないならば、顔ぶれから見てそうとしか考えられない。壱助は江戸を離れて決行には参加していないため、詳しいことは解らない。だが恐らく尾張屋に生き残りがいたのだろう。その生き残りは鯱党へ復讐を誓って、皆が足を洗って堅気になった三年の間、ずっと牙を研いで機を窺っていたに違いない。

だが狙うのは元盗賊。ましてや右近のような強者も含まれているのだ。並の者では復讐を遂げられないであろう。

「それで素性をばらすと脅し集め、御頭の隠し金で釣り……」

「くらまし屋を利用した」

壱助は息を荒くして頷いた。くらまし屋が裏切る者を許さないという噂は、市井でもちらほら耳にしたことである。五人をけしかけることで、くらまし屋に始末させる。これが文の差出人の狙いではないか。

「見えたな」

「ああ……だいたい俺は尾張屋の襲撃には加わっちゃいねえのに、酷い災難だ」

壱助が愚痴を零すと、陣吾はじっとこちらを見つめて来た。

「尾張屋は……だろう？　それまでに散々襲って、少なからず命も奪った」

「そりゃあそうだが。今は……」

「堅気になって、真っ当に生きているってか」

「何が言いてえ」

壱助が気色ばむと、陣吾は宥めるように両手を差し出した。

「何も責めちゃいねえ。俺だって散々悪事を働いてきている。ただ……案じているのさ。人の怨みは恐ろしい。堅気になったって言っても、向こうには何ら関係のないことだ。今回のことは無関係かもしれねえが、安心していると……」

陣吾はそこで一度言葉を切り、首の後ろを手でひたひたと叩きつつ続けた。

「寝首を掻かれるぜ」

陣吾は険しい顔つきで片眉を上げた。相当な修羅場を潜ってきたのであろう。三年前に会った時より、陣吾は遥かに凄みを増しており、壱助は些か気圧された。怯んでしまった己は、やはりとっくに堅気になっていると感じた。それに安堵する反面、事態は何も解決していないのに、どこか油断しきっていることを痛感した。

「その通りだな……」

勿論、己も死ぬつもりはない。生まれてくる子をこの手で抱き、お種と共に大切に育《はぐく》んでいきたい。だが今の状態は様々な者の思惑が縺《もつ》れ合った糸のように交錯し、次にどんなことが起こるか想像も出来ない。己が現役の盗賊であった時、常に最悪の事態を考えて動いていた。故に他の組に比べ、失敗の回数も、捕まった配下の数も圧倒的に少なかったのだ。今、考えるべき「最悪」は、果たして己が死ぬることなのか。

黙考してすぐに否と答えが出た。

「陣吾、もう一つだけ頼みがある」

壱助はそう前置きすると、畳を這うが如く低い声で囁いた。

「分かった。親爺に頼んでみる」

己は多くの怨みを買った。陣吾の言うように、堅気になるのは並大抵の道のりではない。覚悟を決めたのを察してくれたのだろう。陣吾は口を真一文字に結んで請け合ってくれた。

「すまねえな。どちらにせよ、これで……」

壱助が絞るように別れを告げようとする。陣吾は後わりまで言わせず、一転相好を崩して肩を軽く叩いてきた。

「ああ、達者でな」

これが最後で二度と陣吾に会うこともないだろう。そんな勘が働き、壱助も口元を緩めて頷いた。

第五章　欺瞞の嵐

一

「行ってくる。戸締まりをしっかりな」

お種《たね》に向けて優しく言うと、壱助《いちすけ》は提灯を片手に外に出た。木々も色づき始める季節、夜ともなれば風が冷たい。時折手を擦って温めると、その振動が伝わって提灯の火が妖《あや》しく揺れる。

辻を通ると、木戸番がちょんと拍子木を打つ。見ているから悪事は働くなよという意味と、近所の者への注意喚起のためだ。どうしても通らなければならない大辻だけは仕方ないが、湊町まで猫道を辿《たど》って向かう。

仁吉《にきち》が三番手と決まってから八日、高輪の陣吾《じんご》の元を訪ねてから三日が経っている。時折、秋の夜空に瞬く星を見上げながら、提灯を掲げて湊町の土蔵へと向かった。

己はいつも刻限丁度に土蔵に入る。周囲をぐるりと見渡し、提灯を天に掲げた。別に酔狂でこのようなことをやっている訳ではない。壱助なりに意味がある行為である。

提灯をゆるりと下ろし、土蔵の戸に手を掛ける。これまでのように、仁吉と右近《うこん》はすでに到着している。仁吉は銀蔵《ぎんぞう》がよく腰掛けていた樽《たる》に、右近はもはや定位置となった壁際に立っている。

「こうして見ると、随分寂しくなったな」

壱助は提灯の火を吹き消し、土蔵の中央へと歩を進める。五人で始まったこの怪異。すでに二人が消えた。

「まあ、それも間もなく終わります。繋《つな》ぎが付きました」

仁吉は顔に自信を漲《みなぎ》らせて眉《まゆ》を開いた。

「どうするつもりだ……？」

「腕の立つ浪人を五十両で十人ほど集めました」

「おい、それは――」

何か奸計を用いるとは思っていたが、想定外の手法であった。なぜならば、己たちを操ろうとしている文の差出人は、

――くらまし屋には一人ずつ向かうこと。

と、条件を付けているのだ。

「解釈の違いですよ。一人ずつ向かえとは言われていますが、一人きりでとは書かれていませんからね」

壱助は意見を求めて右近を見る。右近は僅かに頰《ほお》を緩める。憫笑《びんしょう》である。

「問題なかろう。向こうの申し出の範疇《はんちゅう》だ」

「しかし……」

「一人ずつ来させる訳は、仕留めた者に接触して取り分を多くすること。それ以外には考えられまい。となると、こちらが人を雇って金を擦り減らそうが、差出人にとってはどうでもよいこと」

――右近も考えていない。

そう確信した。陣吾の元で導き出した推理によれば、一人ずつ行かせる訳は、くらまし屋に確実に始末させるためだと考えられる。その考えに及ばなければ、そう思うのも無理はない。

壱助は顎に手を添えて俯《うつむ》き、暫《しばら》く考えて口を開く。

「分かった。やるのはお前だ。口を出さねえ」

「出されても止《や》めるつもりはありませんでしたが……ご心配して頂いたこと、一応礼を申しておくべきでしょうか」

仁吉は蝦蟇《がま》を彷彿《ほうふつ》とさせる卑しい笑みを浮かべる。

「で、いつやる？」

「四日後の亥《い》の刻（午後十時）、本木村《もときむら》の西新井大師《にしあらいだいし》の裏に来いと」

空海《くうかい》が開いたと伝わる真言宗の由緒ある寺である。本来の名を總持寺《そうじじ》と謂《い》うが、西新井大師の名で広く知られている。周囲を本木村の田園に囲まれているが、寺の裏には一町四方ほどの林が広がっているという。その林と西新井大師の間に立っていれば、くらまし屋のほうから接触すると、今朝、自身が営む骨董屋の前に文《ふみ》が置かれていたらしい。

「府外の随分と寂れた場所だ……くらまし屋も警戒しているのだろう」

右近がぼそりと呟《つぶや》く。和太郎《わたろう》、銀蔵と立て続けに襲われており、くらまし屋が注意を払っているのは想像に易い。

「人を隠すには格好の場所。その警戒が裏目に出た」

仁吉は声が大きく、息も荒い。得られるであろう大金を想い、すでに興奮している様子である。

「四日後の亥の刻……まさしく次に集まる予定の時だな」

右近は手慰みか刀の柄を軽く叩《たた》く。壱助の胸がとくんと高鳴った。

——怪しんでくれるな。

壱助は平静を装って何食わぬ顔でいる。実を言うと壱助は二人に秘密にしていることがある。

「まあ、丁度頃合いということでしょう。その次、八日後にはよいご報告が出来るでしょう。では次は壱助さんと小野木《おのぎ》様の二人でお集まり下さい」

「そうだな」

ふと頭を過《よぎ》った程度なのか、右近はそれ以上気にしている様子は無い。こうしてこれまで何度も行ってきた、土蔵の密会は幕を閉じた。そしてもう二度と、これが行われないことを壱助は知っている。

二

昨日、上津屋を訪ねた翌々日、壱助は板場の片づけをして家路に就いた。細い猫道との辻に差し掛かった時である。突如、横から声が飛んで来た。

「壱助だな」

その一言で相手がくらまし屋だと判り、足を止めて身を強張らせた。

「くら……」

「口を開くな。ゆっくりとこちらを向け。おかしな真似をすれば斬る」

壱助は言われたように蝸牛《かたつむり》の如く遅々と動く。暗い猫道に男が一人。菅笠《すげがさ》を深々と被り、着流しに二本差し。丁度、右近のような浪人風である。

「高輪の禄兵衛《ろくべえ》……いや、陣吾から話があると聞いた」

あの日、陣吾へのもう一つの頼みとは、

——三日以内にくらまし屋に会わせてくれ。

と、いうことであった。

くらまし屋は何も答えなかった。最近だけでも二度襲われているのだから警戒もしよう。

当初は仁吉が事を起こすまで様子を見ようと思っていた。だが陣吾の言葉で己にとっての「最悪」が何かを考えた。最悪は己が死ぬことではない。お種と、生まれて来る子に危害が及ぶことである。

この先に考えられる事態は大きく考えて三つ。
一、仁吉がくらまし屋を捕える。

しかし幾ら捕えて吐かせようとしたところで、くらまし屋は元鰄《かいらぎ》党でない公算が大きく、当然ながら御頭の隠し金の場所など知らない。そもそもそんな金は存在しないかもしれない。

聞き出せぬものは伝えようがなく、差出人は復讐のために次の手を打つ。そうなれば己の家族を人質にする、あるいは殺《あや》めることも考えられる。これは何としても避けたいところである。

二、くらまし屋が、仁吉を返り討ちにする。

そもそも差出人は何故、くらまし屋を利用したのか。それはくらまし屋が尋常ならざる強さと知っているから。浅草の丑蔵《うしぞう》一家が壊滅させられたことを、どこからか耳にしたのではないか。そして差出人が警戒したのは、恐らくこの中で圧倒的に腕が立ちそうな右近。四番手に右近が行って敗れれば、残るは己一人。差出人は姿を見せて己を襲ってくることが考えられる。この場合も、人質にするためにお種を狙ってくることが想定される。

三、右近がくらまし屋を仕留める。

これはこれで厄介なのだ。右近が仕留めても、くらまし屋からは何も聞き出せぬ。右近は困って今後の指示を仰ごうとして差出人に文を置く。となると差出人が次に打ちそうな手は、右近をそそのかして己を斬らせるということ。

そもそも己は右近のことを何も知らない。差出人が何か働きかけずとも、金を独り占めしようと襲ってくる可能性がある。

事態は混沌としており、今後も刻一刻と状況が変わることが想像出来る。そんな中で壱助は、

——くらまし屋に洗いざらいぶちまける。

これが最善の手だと考えた。くらまし屋は己を狙う者を決して許さぬという。上手くゆけば差出人を始末してくれる。そして己に敵意がないことを、予《あらかじ》め告げておきたかった。差出人が始末されれば、金の話も立ち消え、右近が己を狙う理由は何もなくなる。

「実は……」

壱助は己の過去、今、身に降りかかっていること、全てを包み隠さずに話した。

くらまし屋は何も言わない。無言の間を、どこかから聞こえる数匹の野良犬の声が埋めた。これから起こることを暗示しているかのような、不穏な争いの声である。

「俺に害を為す者が誰かは、俺が見極める」

「密会に加わった私も狙われると？」

「さあな」

「それでは困るのです……私はお種と生まれてくる子のため、生きねばならない」

「都合のいいことだ」

菅笠の下から覗《のぞ》く口元が緩む。それは何故か、壱助には自嘲的な笑みに見えた。

こう言われることも想定の内である。こうなった時に備え、壱助は奥の手を用意している。

「では……依頼をします。くらまし屋はどんな者でも晦《くら》ませる。つまり手出しはしないということでしょう」

「ほう。なるほどな」

くらまし屋は感心したような声を上げた。

「お幾らでしょうか」

「お主ならば五十両」

懐から袋を取り出す。鯱党を抜ける時にあった金は百両。凡《およ》そ半分は博打に消えた。残り半分も食いつぶしていくのだろうと、ぼんやり考えていた時、お種が料理屋「井《い》原《はら》」の仕事を勧めてくれたのである。故に五十両が残っている。これは万が一、家族に困った時があればと思い残していた。

上津《こうづ》屋を訪ねてから、何時《いつ》くらまし屋が近づいてきてもいいように、この金を肌身離さず持ち歩いていた。

「五十四両あります」

「解った。今から言う掟《おきて》は守ってもらうぞ……」

「それはお種に」

「なに……？」

「万が一、お種に危害を加える者が現れたならば、それを除いて晦まして頂きたい」

「それではお主の身は保証出来ぬぞ」

「結構です」

くらまし屋は一拍置いて話し始める。

「危険が迫ったと見れば、お種の前に姿を現す。ただお種の意思を聞いてからになる」

「構いません」

「よかろう」

くらまし屋が手を差し出したので、壱助は袋ごと放り投げた。

「差出人を始末しますか?」

「ああ、害を為そうとする者には容赦せぬ」

壱助は安堵《あんど》して胸を撫でおろした。

「言い忘れていましたが、仁吉は浪人を十人ほど雇っているとのこと。姿を見せてはなりません……」

ここでくらまし屋が仁吉にやられてしまえば、壱助の計画は水の泡となる。よかれと思って言ったが、くらまし屋は苦々しく言った。

「依頼があれば出向く。それが罠《わな》であろうともな」

「しかし——」

「いらぬ差し出口を利《き》くな」

くらまし屋はそう言いながら、袋から四枚の小判を放り投げた。地に甲高い金の音が響く。

「これは……」

「五十両しかと受け取った」

「取っておいて下さい」

「それも余計なことだ」

己の提示した額以上は一銭も受け取らぬということか。この男は真の玄人と確信した。密会に参加した己も斬られることはあり得る。だがそれでも構わないと思っている。

くらまし屋はその心の動きを見抜いたかのように、鋭く話しかけてきた。

「お主が敵でないことを示せ」

「どうすれば……」

「仁吉には、次の集まりから四日後の亥の刻に会うことを告げる。その場にお主も来い」

仁吉がどうなろうとも手を出さずに傍観すれば信じるという。さらに明日の集まりに行かなければ、差出人、小野木右近も裏切ることになる。後に引けぬ状況に引きずり込もうとしているのだ。

「分かりました。どこへ行けば」

「下谷《したや》の圓通寺《えんつうじ》を知っているか。そこに一刻（二時間）前の戌《いぬ》の刻（午後八時）に来い」

壱助が唾を呑んで頷《うなず》くと、くらまし屋は、

「遅れるな」

と、念を押し、身を翻《ひるがえ》して闇に消えていった。

壱助は大きく息を吐き出したことで、己の呼吸がずっと浅くなっていたことに気付いた。これは堅気になったから緊張したのではない。盗賊の頃の己でもこうなっただろう。くらまし屋は、それほど得体の知れない迫力を身に纏《まと》っていた。

三

くらまし屋と仁吉が会う日、壱助は圓通寺に向かった。

黒と白が混濁したような雲が夜空を覆っている。明け方にでも一雨来そうな天気であった。四日毎に仕事を早く抜けることは、井原の若い衆は皆知っている。同時にお種にも言い訳しているため、疑われることはない。もしかすると、くらまし屋はそこまで考えてこの日を指定したのかもしれない。

今日は井原からそのまま行くから、先に寝ていろとお種に言ってある。流石《さすが》に今日

は極度に緊張しており、店の若い衆にも、

――どこか具合が悪いのでは？

と、言われるほど顔色が悪かったらしい。こんな顔を見せれば、お種を不要に心配させることになる。気を紛らわせるため、壱助は生まれてくる子の名を考えながら夜道を行く。

「男ならば俺の十倍はいい男になるだろうから、十のつく名がいいな」

小声で独り言《ご》つ。十蔵《じゅうぞう》、十郎《じゅうろう》、十太《じゅうた》。頭の中で様々な名が流れていく。

「女なら……葉か、花」

母がお種なのだから、娘は清々しいほどに青い葉、煌《きら》びやかに咲き誇る花などがいい。見上げた空はやはり冴えないが、知らぬ内に肩の力が抜けている。子のことを思えば不安が消え、強くなったような気がした。これが父になるということなのかもしれない。

時に余裕を持って向かったため、四半刻（三十分）前に圓通寺に着いた。少し早すぎたかと思い、路傍の石に腰を下ろそうとしたその時、木陰からぬらりと人が現れた。

「あっ……」

くらまし屋である。己よりさらに早く着いていたのは、罠を仕掛けていないか確かめていたのだろう。

「行くぞ」

「は、はい」

「先を行け」

くらまし屋に背を向ける恰好で壱助は歩を進める。こうやって呼び出しておいて、後ろから斬り付けるのではないか。胸の鼓動が速まる。

「心配するな。斬るならばとっくに斬っている」

「はい……」

言われてみればそうである。斬るならばこのような回りくどいことはするまい。

「あのう……私はどこに」

「辻に隠れていればいい。そこから動くな。動けば依頼は御破算だ」

「決して動きません」

千住大橋《せんじゅおおはし》を越えて左に折れ、真っすぐ進めば本木村に入る。この辺りから道が一気に悪くなる。千住大橋を越えれば府外なのだ。路傍に転がった石をひょいと避けて進む。

関原不動《せきはらふどう》が右に見えてきたころ、思い出したようにくらまし屋が言って寄こした。

「よい心がけだ。ここで暫し待つ」

「ここで？」

西新井大師はもう少し先。どんな意味があるのかと訝《いぶか》しんだ時、脇の茂みから、地面の影が持ち上がったかのように人が現れた。

「ご苦労さん」

若い男である。年の頃は二十五、六か。男の己でも息を呑むほどの美男であった。

「お前……顔」

「心配ねえさ」

「油断していると、足を掬《すく》われるぞ」

壱助には何のことを話しているのか解らない。頬かむりでもしてこいという意味だろうか。そもそもこの男は何者なのか。

「今回は顔を使う訳じゃねえからな。こんな夜に女になる訳にもいかねえし」

「まあいい。どうだ？」

若い男は顔の横で両手を広げて見せた。

「仁吉以外に十。昼からここで見ていたから間違いねえ。もう林に潜んでいるぜ」

「ご苦労だった」

「つれねえなあ……」

若い男は首に手を回して苦笑した。どうやらくらまし屋の仲間で間違いない。いくら強いとはいえ、一対十では分が悪い。仲間を呼んだということだろう。それでもこちらは二人。お世辞にもそうとは見えないが、この男も相当な遣い手なのだろうか。

若い男はふとこちらを見て話しかけてきた。

「あんた、壱助だな」

「そうです」

「裏切ろうなんて気を起こすなよ。この人は怖《こえ》えぞ」

「余計なことを話すな」

くらまし屋に咎《とが》められると、若い男はちろりと舌を出した。

「へいへい。じゃあ、こっちは引き上げます」

「え……一緒に行くんじゃあ」

すでに去りかけた若い男が首だけで振り向く。

「言っただろう？　この人は怖えって」

へらっと笑って手を振り、若い男はそのまま千住大橋の方へと去っていく。

「さて、行くか」

「本当に一人で？」

「そのつもりだ」

くらまし屋はそれ以降何も言わず、足を前へと進めていく。西新井大師を取り囲む塀にぶつかると右に進む。そして角まで来たところで、くらまし屋が手をさっと出した。壱助が隠れるのは寺の東側。少し顔を出すと、西新井大師と林の間の小道の様子が窺える場所である。

「ここに隠れていろ」

「くらまし屋さん……また余計なお世話と言われるかもしれませんが、林に飛び込んではどうです？」

仁吉の狙い通りに囲まれるより、いっそこちらから奇襲を掛けたほうがよいのではないか。そう思って老婆心ながら口を挟んだ。

「それは出来ない」

「何故です。奇襲のほうが勝機も……」

「そういう問題ではない。仁吉はまだ裏切っていないだろう？」

壱助は愕然《がくぜん》とした。別にこちらの話を疑っているとは思わない。くらまし屋も九割九分、仁吉は裏切って襲って来ると思っている。だが今の段階では確かに、裏切ってはいないのだ。

「向こうが掟を守っている以上、こちらから仕掛けることは無い。破るのを見届けてからだ」

「……そうですか」

これまで万が一己が死ねば、金だけとっておきながら、お種を晦ますという約束を果たさないのではないかと、どこかで思っていた。だが今の一言で疑いは全て霧散している。義理堅いとかではない。この男は己の勤めに矜持《きょうじ》を持っている。

「ここにいろ」

くらまし屋は言い残して辻を折れた。壱助は顔を少しだけ出し、片目で成り行きを見守る。くらまし屋が進むと、立ち上がる大きな人影があった。

――仁吉だ。

蹲《うずくま》っていたため気付かなかったが、すでに仁吉は来ている。くらまし屋と仁吉は、三間ほどの距離を空けて何やら言葉を交わしている。そう大きな声ではないため、内容までは聞き取れない。

風に流れたか、雲間から月光が微かに零《こぼ》れてきた。それを待っていたかのように動きがあった。

「来た……」

林の中から複数の人影が現れ、小道の両側を塞いだ。仁吉は手前側を塞いだ男たちの後ろに隠れるように、後ずさりする。しかし、くらまし屋は止めようともしない。男たちが一斉に刀を抜き放った。剣の素人の壱助から見ても、どの者も構えが堂に入っている。仁吉は予想以上に腕が立つ者たちを集めたようだ。

駄目かもしれない。そんなことが頭を過った時、仁吉が何か捲《まく》し立てて、男たちが一斉に打ちかかった。

くらまし屋の腰間《ようかん》から、光芒が噴き出した。壱助には確かにそのように見えた。金属音が鳴り響き、次に絶叫がこだまする。叫びが叫びを呼ぶかのように連鎖し、時には二つの声が重なった。

「化物か」

人外の強さと言ってよい。十数えるほどの間に、敵は半数を割っている。壱助が呟いた時にもまた一人、胴を払われて勢いのまま突っ伏すように頽《くずお》れた。二人同時に斬りかかった男に対し、くらまし屋は脇差を抜き、大きな鋏《はさみ》のように両刀を交差させた。

「嵩《かさね》……」

二人は喉元を掻き斬られ、声すらも発することが出来ない。故にくらまし屋の呟きが耳に届いた。

「ひっ――」

「お、おい!」

わなわなと震えていた仁吉が身を翻して逃げ出し、残る一人の男もすでに戦意を喪失して後を追う。こちらに向かって来るので、壱助も逃げかけたが、踵《きびす》を返す間もなかった。

すでに男にくらまし屋が肉迫している。男は追いつかれたことを察し、振り向きざまに滅茶苦茶に刀を振り回した。

「円明流《えんめい》『一片《ひとひら》』……」

くらまし屋の上半身が倒れ、刀が耳を掠める。くらまし屋は男とすれ違い、足を一切緩めぬまま仁吉の背を追った。男は一瞬固まっていたが、全身から力が失われたように頭から倒れ込んだ。すれ違いざまに首を斬り上げたのだ。

仁吉は足が縺《もつ》れて倒れ込み、舞った砂埃が夜風に掻き乱された。

「仁吉、掟を破ればどうなるかは教えたはずだ」

くらまし屋は追いつき、肌が粟立つほど冷たく言い放った。

「金をやる! だから……」

仁吉は尻で後退しつつ必死に訴えるが、くらまし屋は何も答えない。

「違うのです！　私は脅されて――」

「俺には関わりの無いことだ」

「くそっ！」

仁吉は丸い躰《からだ》を毬《まり》のように跳ねさせて立ち上がると、懐から匕首《あいくち》を取り出して鞘を払った。

「掟破りを認めた」

「死ね！」

仁吉はやけくそのように匕首を構え、くらまし屋に躰ごとぶつかっていった。

「天眞正自源流《てんしんしょうじげん》……『晴嵐《せいらん》』」

くらまし屋は体《たい》を開き、片足を軸に独楽《こま》の如く躱《かわ》す。その時には刃は仁吉の項《うなじ》を捉えている。仁吉は二、三歩覚束ない足取りで進み、どっと肥えた巨軀が地に沈んだ。

くらまし屋は懐紙を取り出すと、右手に大刀を握ったまま、左の脇差の柄を脇に挟む。そして丁寧に素早く両刀の血を拭い、赤子を子守歌で寝かしつけるが如く静かにゆっくりと鞘に納めた。

転がった仁吉の着物で拭くことも出来たはずだが、それをしないのもまた、くらまし屋の流儀なのかもしれない。壱助はそのようなことを茫と考えていた。

「いたな」

裏切らなかったな。そう言っているように聞こえる。

「はい……」

「まずこの場を離れるぞ。寺内から人が来る。歩きながらだ」

こんな時も壱助が先。あれほどの腕があれば、仮に己が襲っても難なく撃退出来そうだが、くらまし屋は相当に用心深い。足早に歩きながら壱助は訊いた。

「今後は？」

「差出人を始末する」

「しかしそれが誰なのか皆目……」

「目星は付いている」

「え──」

「足を止めるな」

振り向いて立ち止まりかけたところ、くらまし屋は急かしつつ続けた。

「例の四両は持っているか」

「はい。今ここに」

壱助は胸元に手を当てた。

「土蔵には二度と近づくな」

「では右近が？」

「違う。あの男は五人の中で最も身軽な浪人。お主が来なかったことで、もうどこかへ身を移すだろう……お主は江戸を出ろ」

くらまし屋は数日の内に差出人を仕留めるという。仮に右近が愚直に土蔵で待とうとも、もう二度と連絡は来ない。いずれは諦《あきら》めて元の暮らしに戻る。

「では私が差出人だと勘違いされるのでは……」

「お主が差出人ならば、その小野木という浪人を仕留めるまで、決して逃げることはなかろう」

「なるほど……しかしお種が」

「一時だけだ。一月経つまでに全て片が付く。この足でお種には古馴染みの葬儀とでも告げ、すぐに発て」

「信じても？」

壱助は声を震わせながら尋ねた。

「お主のためではない。差出人は俺を利用した。消しておく必要がある」

短い間であるが、くらまし屋の勤めの流儀を目の当たりにしてきた。この男は必ず差出人を殺す。疑うことが愚かであった。

「確かに」

「戸《と》塚《つか》宿に戸《と》羽《ば》屋という旅籠《はたご》がある。主人の作《さく》右《え》衛門《もん》に、くらまし屋の紹介だと言え。よくしてくれる。終わればそこへ文を飛ばす」

「分かりました。ただ、誰が差出人かを教えて下さい」

「それは……」

千住大橋に差し掛かった時、くらまし屋は低い声で囁く。壱助は愕然とした。みるみる血の気が引き、足が重くなるのが解った。くらまし屋の説明を聞けば、確かにそれしか無いと思える。

「ではあの男は……」

橋を渡り終えた時にようやく口を開いたが、返答は無い。もう一度呼ぶが、結果は同じ。壱助は恐る恐る振り返った。そこにはすでに、くらまし屋の姿は無い。そもそも誰もいなかったかのように、夜の町は静まり返っている。いつから己は一人で歩いていたのか。狐に抓《つま》まれたような心地になり、壱助は強く目を擦った。

四

仁吉を仕留めた翌日から、平九郎《へいくろう》は己の長屋には戻らなかった。

数日のうちに差出人が動くと見ている。まずは土蔵を調べる。そしてやはり誰もいないことを確かめると、次の一手を講じるだろう。

恐らく使うのは人質。小野木という浪人は天涯孤独の身、必然的に壱助の身内。つまりお種が狙われることになる。

「坊次郎《ぼうじろう》、よい『振《ふるい》』はいるか」

九割方、差出人は土蔵に来る。だが念のために暫くの間、お種の家に護衛を付けねばならない。四三屋《よみ》に言って、腕の立つ者を雇おうと考えた。平九郎の言う「振」とはこの道の隠語で、武芸に長《た》けた者を指す。刀を振るう者というところからきているのだろう。

「ちょいとお待ちを」

坊次郎は名簿を取り出して広げる。名の上に小さく黒丸が打たれている者が、いわゆる裏稼業の者である。

「少なくないか？」

半数ほどの名が塗りつぶされているのだ。

「実は息子に抱えている者を分けたのです」

己の手伝いをさせるために息子を入れたのではない。あくまで後を継がせるため。坊次郎の目の黒い内に、一人前の口入れ屋にせねばならない。そこで坊次郎は己が抱えている人材の半分を利一《りいち》に分け、独自に商いをさせているという。一つの口入れ屋に、二人の店主がいるという構図に近い。

「出来るだけ強い者がよい。利一の名簿も見せて貰えるか」

「はい。利一！」

坊次郎が呼ぶと、間もなく利一が姿を現した。

「平さんに名簿を」

「お持ちしました」

話がこうなることを読んでいたかのように、利一はさっと後ろから名簿を取り出した。

「見せてくれ」

「承りました」

利一は名簿を開く。己の知らぬ者の名が連なっている。

「この者は？」

「近頃、死にました」

「そうか。では、これは？」

「この者も果てました」

「ならば……」

次の名を指そうとするのを止め、平九郎はゆっくりと顔を上げた。

「こいつも死んだとか？」

「はい。仰る通り」

「なるほど。俺が斬ったのだな」

利一は薄く笑んで、こくりと頷いた。

「十人。お見事です」

仁吉が頼ったのは四三屋。坊次郎は眉を顰《ひそ》めているので事態を呑み込めていないようだ。つまり利一が取った客ということになる。

「雑魚ばかり抱えている」

「仁吉さんが金を出し渋ったのでね。私はこの男などをお勧めしたのですが」

「『鉄漿《おはぐろ》』阿久多《あくた》……捕まるのか？」

かつて最強の「振」と呼ばれた男である。しかし最近はとんと名を聞いていない。噂では江戸を離れたと聞いていた。

「丁度、今江戸におられたので、頼んでみようと思ったのですが……仁吉さんは一人で五十両は高すぎると」

「仁吉が吝《しわ》くて助かった」

阿久多と面識は無い。ただ己が手こずった別の「振」と仕事でかち合い、仕留めたのが阿久多だと聞いてから警戒するようになった。

「では、こちらは？」

利一は名簿をはらはらと捲《めく》って、一人の名を指さした。

「轟《とどろき》の爺さんか。申し分ない」

轟源兵衛《げんべえ》。齢《よわい》は五十を超えているが、富田《とだ》流の小太刀の遣い手で、その腕前は平九郎も舌を巻くほどである。

「二十両頂きます」

「分かった。この場所を守って欲しい」

平九郎は壱助の長屋の場所を書いた紙と、二十両を利一に手渡した。

壱助の金には手を付けない。これはあくまでも己を狙う者を排除するという目的のため。そのために壱助を江戸から出したのだから、お種の身を守るのは己の勤めといえる。

「本日からお守り致します」

「坊次郎、やはりお主によく似ているよ」

この親子もまた玄人。今後は対立する両陣営にでも、それぞれ人を派遣するのではないか。平九郎は鼻を鳴らして立ち上がり、二人を一瞥して四三屋を後にした。

五

己がくらまし屋の存在を知ったのは、本所亀沢町《ほんじょかめざわちょう》にある居酒屋でのことだった。三人組の酔客がすぐ隣で噂話に興じていたのである。大金さえ積めば、どんな者でも晦ましてくれる。そんな男が江戸にはいると、瓦版に書いていたと誰かが口火を切ったのだ。

眉唾だと思った。男たちもそう思ったのだろう。あくまで噂話、瓦版の書くことなど一々信じていては、河童や天狗に毎日でも会えてしまうことになる。酔客はけらけらと笑って酒を酌《く》み交わしていた。

ただふと気になったのは、三人の内の一人が沈痛な面持ちで話に乗らぬこと。残り二人もそれに気づいて、どうかしたのかと尋ねる。

「くらまし屋はいる……」

暗い面持ちの男が盃を置いてそう言ったので、残る二人は顔を見合わせた後、噴き出してしまっていた。

「お前、子どもではないのだから、そんなことを信じるな」

「そんなに怖がりだとは思わなかったぞ」

などと、小馬鹿にして腹を抱えて笑う。

「違う。いるんだ」

職業柄耳は良い。素知らぬふりをして会話を盗み聞いた。ちらりと見ると笑われた男は顔を真っ青にし、声を落として話し始めた。

男はやくざ者。元々、浅草の丑蔵という香具師の元締めのところにいたらしい。浅草の丑蔵といえば、近く何者かの襲撃を受けて殺された。仲間割れではないか、いや高輪の禄兵衛がしかけたなどと、江戸中で様々な噂が流れていたのを覚えている。

「あれは化物だ」

男は震える声で話す。丑蔵一家を壊滅させたのが、くらまし屋だと言うのだ。しかもたった一人で乗り込んできて、十数人を斬り伏せた。しかも中には丑蔵が用心棒として雇っていた、相当な剣客までいたという。

残り二人はそれでも信じなかったが、男があまりに真剣で、しまいには信じないならよいと憤《いきどお》って席を立ったものだから、あながち嘘ではないのではないか。そう思ったのである。

そこから、くらまし屋の噂を集めた。当初は金を払って助太刀して貰おうと思ったのだが、どうやらあくまで晦ませるだけが仕事で、その手の依頼は受け付けていないという。丑蔵の一件も勤めの中で、何かしらの妨害があった故だろうと推測出来た。そもそも一人晦ませるのに、五十両などという大金を取る。

深く調べている中で、炙り屋という者がいることも知った。こちらは、くらまし屋と対照的に、どのような者でも炙り出す。殺しの依頼も受け付けているという噂である。だがこちらもまた五十両からが相場と聞き、肩を落としてしまった。

すでに仇を捜すために延べ五十両以上の金を遣っている。五十両をまた貯めようとすれば、恐らく五年以上の歳月が掛かってしまう。ましてや仇と思しき者は複数。己にはどうしようも無い額になる。

かといって己は剣を握ったことも無い。元盗賊に挑みかかって勝てるとは思えない。しかも仇の中には、小野木右近という一刀流の剣の達人までいる。素人の己には万が一にも勝ち目がない。

他の案に移ろうかと思った時、ある策が脳裏を過った。

――くらまし屋に依頼させればよいのだ。

その上で裏切らせる。くらまし屋は裏切った依頼人を決して許さないということも、調べている内に知ったことである。

どの仇も過去に盗賊だったという瑕《きず》を隠して生きている。暴露されるのはまずいだろう。だが浪人は気にしないかもしれない。そこで隠し金などという、もっともらしい嘘までついた。脅しと金。この二つで誘い込み、くらまし屋にけしかけるのである。

当初は己の思惑通りにことは進んだ。くらまし屋の腕を疑ってもいた。だがそれも取り越し苦労であった。まず和太郎をあっさりと屠《ほふ》ってくれたのである。

仁吉が十数人を雇ったと知った時は、些か焦った。

「あくまで一人。他は外で雇っただけ」

などと、言い逃れるつもりだったのだろう。

だがこれも杞憂。西新井大師の裏で仁吉の骸《むくろ》が見つかった。他にも浪人風の屍が十。くらまし屋は噂どおり、人外の強さであるらしい。

これまでは全てが上手く回っていた。だがここにきて何やら様子がおかしい。仁吉がくらまし屋を襲った日、次の文を置いても全く動きが無いのだ。人を雇って文を確かめることも考えたが、いくら厳命しても中身を見るかもしれない。それよりも恐ろしいのは、小野木たちに待ち伏せされ、後を尾けられて己の元まで辿り着くこと。結局のところ自ら状況を調べるほかない。

小野木の長屋近くで聞き込んだが、近所の者は暫く帰っていないようだと言う。壱助のほうも仕事に行っていない。古馴染みの葬式だとかで、一月ほど休むとお種から謝ってきたらしい。

——どうする……。

残るは小野木右近と壱助の二人。小野木右近は独り身の素浪人。どのようにすればよいのか算段が付かぬ。一方の壱助は子を宿したお種がいるので、人質にして壱助だけでも呼び出すか。己の復讐のため、代わりにお種を殺すという選択肢は無かった。

——それをすればあいつらと同じになっちまう。

己は江戸で手広く呉服を商っていた尾張《おわり》屋の次男として生まれた。次男であるため家を継げない。父と懇意にしていた男が、

——うちに来ないか。

と誘ってくれたことを切っかけに、父も乗り気になって八つの頃に家を出た。

それからも、実家とは往来があった。己のことを父は応援してくれ、誇りに思ってくれているようであった。

しかし三年前のある日、店は押し込みを受けて一家奉公人皆殺しの憂き目に遭った。家を出ていた己だけが、難を逃れたのである。当時の己は、悲哀と憤怒で気が狂《ふ》れるのではないかと思うほどだった。いつの日か復讐する。それを心に誓うことで何とか己を保った。

そしてようやく迎えた復讐の秋《とき》。あと一歩というところで、己の策は綻びを見せ始めている。

今後、人質を取るにせよ、まずは土蔵を確かめねばならない。すでに己の文は取られ、代わりに返書が入っていることも考えられる。

仁吉が死んでから十二日後、ようやく腹を決めて土蔵へと足を向けた。時刻は寅の刻（午前四時）。まだ町は辛うじて眠っており、人目を憚《はばか》ることはない。また、河岸に出入りする者などは目を覚ます頃で、夜半と違って動いていても怪しまれることもない絶妙の時刻である。

湊町に差し掛かると、海原の向こうに暁の色が浮かんでいるのが見えた。周囲を念入りに確かめつつ、土蔵にそっと手を掛ける。中はまだ薄暗く、提灯を手放すことは出来ない。

奥に灯りを当てた時、息が止まるかと思った。樽を動かして背もたれにして座っている者がいるのだ。誰かが入り込んで眠っているのか。足の位置を横にずらして斜めから覗《うかが》った。

——壱助！

灯台下《もと》暗し。行方が分からなかった壱助がここにいたとは。ここで何をしているのか。己は姿を見られる訳にはいかない。いや眠っているのならば、懐に仕込んだ剃刀《かみそり》で、いっそ今寝首を掻くか。様々なことが頭の中で目まぐるしく回る。

「よう」

壱助は起きていた。立ち上がりはしたが振り向こうとしない。逃げようとした時、何か小さな違和感を持った。その相貌、声は確かに壱助なのだが、僅かに背が低くはないか。

逃げ出そうと振り返った時、昏倒しそうなほど驚いた。土蔵の戸の前に人が立っている。音も立てずに入ってきたということか。

「お前は……」

「お主が利用した者だ」

「くらまし屋……」

壱助を囮《おとり》に罠に嵌《は》められた。そう思った時、聞き覚えの無い声が飛んで来た。

「観念しろ」

まだ仲間がいたのかと振り返るが誰もいない。壱助だと思っていた男。暗がりでほぼ見分けがつかないほど似ているが、壱助ではない別人である。

「はは……嵌められちまったな」

「覚悟は出来ているようだな。銀蔵」

名を呼ばれて、銀蔵は細く息を吐いた。

「ええ。どうせ四人が死んだあとは、俺がやられるとは思っていましたよ。よく解りましたね」

「壱助の話では俺は三度襲われたことになっている。だが実際は和太郎と仁吉の二回。つまりお前は死んだことにして、己への疑いを晴らした」

「よくお分かりで」

もう全て見抜かれていると悟った。

「初めに飛び込んだのは、この奇妙な事件に皆を上手く乗せるためか」

「それもご名答。我ながら上手く仕込んだとは思ったが、実際に乗ってくれるかは半信半疑だったのでね」

「籤《くじ》はどうした？」

その訊き方から、二度目の籤は己が細工したということまで気付かれている。二度目の籤に用いた紙縒りは全てが白いものであった。皆が引いた紙縒りを注視している間に、掌に仕込んだ紅で残る一本を染めたのである。

「単純な賭けですよ」

五人で籤を引くのだから、己が当たる確率は二割とそう高くはない。二度とも己が籤を作れば怪しまれる。ならばより当たる確率の低い一度目を他に委ねた。もし運悪く当たってしまえば、信憑性はやや落ちるが一度目から己を死んだことにするつもりでもいた。

「博打に勝ったわけだな」

壱助を模した男が呟く。銀蔵が抱いた違和感は身丈だけではない。化粧の下のこの顔。どこかで見た気がするのだ。

「壱助と小野木はどこに？」

「壱助は逃がした。小野木は知らぬ」

「そうか……あれが仇だったら無念だな」

銀蔵も四人の内、誰が仇であったかは解らないでいた。四、七、九番組が江戸にいたことだけは調べ上げた。四番組は少し前に小頭が抜け、後を継いだ男が小野木右近と名乗っている。七番組は今の名でいうところの壱助が小頭、補佐役が和太郎。九番組は仁吉が補佐役を置かずに指揮を執っていた。己の生家である尾張屋がどの組に襲われたのかは解らない。ならば全てを対象にする覚悟を決めたのだ。

「壱助の話を信じるならばだが……」

くらまし屋は滔々《とうとう》と話し始めた。尾張屋を襲撃したのは七番組と九番組。壱助は当時不在で七番組の指揮を執っていたのは蛇吉《へびきち》と呼ばれていた和太郎だという。

「それが本当なら、俺はとっくに仇を討っていたことになるんだな」

「俺はどんな些細なことでも、嘘を言えば裏切りと見なすと壱助に言った。真だろう」

「あんた……優しいな」

己が見逃されるなどとは思っていない。ただ言わずでもいいのに、すでに仇を討っていることを教えてくれた。銀蔵は片笑みながら続けた。

「俺はこれでもそこそこ名が知れた役者だ。骸の始末には気をつけてくれ。騒動になっちまう」

己は父が支援していた二代目市川團十郎《いちかわだんじゅうろう》の門人、市川雷蔵《らいぞう》の弟子となった。一家が襲われた後、親類の商家から誘われたこともある。しかし親類の元に行っても、そこにも跡取りがいる。よく上り詰めても番頭止まり。金を自由に使える訳ではない。ならば金の扱いも儘《まま》ならぬ商家より、人の出入りが多く、様々な話も耳にはいる役者のほうが仇討にはよいと思った。腕力の無い己は騙《だま》して仇を討たねばならない。演じるという技は決して無駄にはならないと思ったこともある。

こうして己は、雷蔵の柏屋《かしわや》では名を知られ始めている。今でも行方不明になって、ちょっとした騒ぎになっているのだ。くらまし屋の掛けてくれた情けへの、ほんの恩返しのために忠告した。

目の端に映っていた、壱助のなりをした男が眉を顰《ひそ》めた。そのせいでやはりこの顔に見覚えがあると思った時、記憶が一気に甦《よみがえ》って来た。

「あんた、もしかして濱村《はまむら》屋の――」

若い男は小鳥が囀《さえず》るが如き小さな舌打ちをした。

「柏屋にそんな坊主がいたっけな」

「二代目瀬川吉次《せがわきちじ》……」

六

濱村屋とは初代瀬川菊之丞《きくのじよう》が興した屋号。元々、菊之丞は大坂で女形をしていたが、齢二十五の時に芸に行き詰まって一度廃業した。しかし三年後、再び舞台に戻ると艶やかな演技が評判を呼び、一気に名声を得て江戸へ下ってからは「三都随一の女形」とも評された役者である。その菊之丞の門下に、

――いずれ師をも凌ぐのではないか。

と、言われる稀代《きたい》の女形がいた。それが菊之丞の前名を継ぐ、二代目瀬川吉次。しかし三年前に忽然と姿を消した。験が悪いと思ったか、菊之丞はその二代目を無かったことにした。存在したという過去そのものを消し去ったのである。故に今はその弟弟子が「二代目」瀬川吉次を継ぎ、いずれは二代目菊之丞も襲名すると言われている。その消えた二代目が今、己の眼前に立っているのだ。

「その名を呼ばねえでくれ。昔のことだ」

若い男、いや吉次は苦笑しながら手をひらりと宙に舞わせた。その所作一つとっても、長年舞台に立っていた己には徒《ただ》ならぬものを感じる。

「はは……まさか二代目吉次に会えるとは。しかもそれが、くらまし屋の仲間とは驚

いた」

「いいや。仲間じゃねえよ」

「え……」

「俺たちが『くらまし屋』なのさ」

「なるほど。そういうことなのですね」

己の先達と知ったからか、思わず敬語になってしまっている。

「銀蔵、言い残すことはあるか？」

背後から声を掛けられ、銀蔵は首を横に振った。

「ただ、願わくばあなたの名を……利用してしまいましたが、私の仇討の助太刀をして下さったことになる。名を刻んでおきたいのです」

「堤平九郎」

「堤様、ありがとうございました。もう思い残すことはありません」

銀蔵は深々と頭を垂れた。平九郎が目で合図をすると、吉次がこちらに歩いて来る。外に出ていろという意味らしい。

「銀蔵、いい役者ぶりだったぜ」

吉次に肩を叩かれ、思わず口元が綻んだ。

「兄さんも達者で」

「馬鹿、姐さんだ」

これで確実に吉次だと思い知った。濱村屋は初代の菊之丞が舞台を降りても女装を止めないことから、男であっても女として扱うのである。

銀蔵は微笑んで会釈をし、吉次は土蔵から出て行った。

「そろそろ、幕を引きましょうか」

銀蔵は頃合いと見て言った。平九郎は小さく頷いて腰の刀に手を添える。

己はもはや籠の中の鳥。逃げる場所はどこにも無い。

――いや、違う。

怨みに囚《とら》われた時からずっと己は籠の中にいた。美しい景色は見えていた。そういった意味でもまさしく籠である。何度か怨嗟《えんさ》を捨てて生きようかと思ったこともある。だがどうしても忌《い》まわしい記憶が遮り、外に飛び立たせてはくれなかった。そして今、己はようやくその籠から羽ばたこうとしている。

銀蔵は穏やかに笑みながら視線を上げた。この狭い土蔵から空は見えない。ただ天窓から朝日が差し込んでいる。今になってようやく、家の前の楓《かえで》が赤く染まっていたことを思い出した。己だけが季節の外にいたような心地であった。今年の秋はさぞかし美しいのだろう。そのようなことを考えながら、銀蔵はそっと目を閉じた。

七

土蔵を出ると、赤也《あかや》が手を庇《ひさし》のようにして、煌めく朝日を眩しそうに眺めていた。

「ありがとう」

それほど接点は無かったというが、己の後輩だと知ったから、赤也はそのように言ったのだろう。

「辛《つれ》えな」

「ああ、他の道は無かったのかねえ」

「銀蔵は運命に立ち向かった。だがそれだけが幸せとは言えねえ。人は時に逃げることも必要だ」

「だからこそ俺たちみたいな稼業が成り立つんだな」

赤也は感慨深く言う。

「油断をするなと言ったろう。銀蔵のようにお前の素性を知る者もいる」

「ああ、だけどさ……」

そこで言葉を切り、陽に背をむけながら続けた。

「どれが本当の俺の顔か、自分でも判らなくなっちまったら困るだろう」

陰になった赤也の顔は目鼻もはっきりとしない。

「そうか」

この一見軽やかな男も、内心では多くの悩みを抱えながら生きている。平九郎は改めて思った。

「ここからどうする？」

「もう土蔵には近づかない。それが最もいい」

「これで轟の爺さんも引き上げられるな」

四三屋で雇った轟源兵衛がお種の住む長屋の近くで空いていた借店《かりだな》に入り、護衛を務めてくれている。

「その前に念の為、この足で小野木右近の暮らしていたという長屋を見てみる」

「分かった。じゃあ、壱助宛の文は俺が書いておくよ」

今、壱助は戸塚宿の戸羽屋という旅籠で朗報を待っているはず。戸羽屋の主人もまた、平九郎の正体を知る数少ない者の一人である。

「頼む」

平九郎は赤也と別れ、その足で佐柄木町《さえきちよう》にあるという小野木右近の長屋を目指した。

着いたのは、陽も高くなった午《うま》の刻（午後十二時）。壱助から聞いた部屋を訪ねたが、やはり中から人の気配はしない。日中であるため両隣も留守にしており、話を聞くことは出来ない。諦めかけて出直そうと思った時、長屋の路地を窺っている男がいることに気が付いた。

「あのう……」

声を掛けられ、平九郎は菅笠をちょいと持ち上げて笑ってみせた。

「小野木右近殿を訪ねて来たのですが、留守のようで」

「あなた様は……？」

「岡濱平太郎《おかはまへいたろう》と申す。小野木殿のお父上が美濃岩村藩にお仕えだったころ、私の父が世話になった間柄で」

壱助から聞いた話を思い出して、そのように言った。

「そうなのですか。残念ながら、小野木様はここ一月ほど帰っておられないのです。私も心配しておりまして……申し遅れました。私はここの大家をしている菊平衛《きくべえ》と申します」

──菊平衛……藤助《ふじすけ》さんの言っていた男だ。

店子が狐に憑《つ》かれて、どこかに行ってしまったのではないかと大家が心配しているという話。確かその浪人の父も美濃岩村藩に仕えていたと言っていた。間違いないだろう。

「最後に小野木殿を見た時、何か変わったことは？　例えば狐憑きとか……」

菊平衛はえっと吃驚《びっくり》した。平九郎は畳みかけるように続ける。

「実は小野木殿の家系は、先祖が狐を殺《あや》めて祟《たた》られていまして……代々ある年を迎えると狐に憑かれたようになるのです。そのことが原因で藩からも……」

当然真っ赤な嘘であるが、菊平衛が迷信を信じる性質《たち》ということを知っているので、このような話なら納得するだろうと判断した。

「やはりそうでしたか。最後に見た時、顔が違うように見えたのです」

菊平衛がもっともらしく頷いた時は、流石に頬が緩みかけたが懸命にそれを耐える。

「どんな様子で？」

「今日のあなた様のように菅笠を被っておられたので、全てが見えた訳ではありませんが……目がこう、口元はこう……」

己の顔を指で弄《いじ》って伝えようとするが、要領を得ない。ただこの男が藤助と気が合うのは妙に納得出来る。

「ちと解りませんな」

「あ、では絵を描きましょう」

「絵？」

「実は私、手慰みで絵を習っていまして。下手くそな絵でも、少しでも伝わるかもしれません。少々お待ちを」

こちらが返答するより早く、菊平衛はここで待つように両手を突き出して駆けて行った。絵を描いてから戻って来るものと思ったが、待たせては悪いと思ったのか小筆と硯《すずり》を両手に持って現れた。

「申し訳ない」

「いえいえ。少々お待ちを」

硯を地に置くと、懐から紙を取り出して壁に当てる。そして小筆でもってさらさらと顔を描き始めた。

「上手いものですな」

「お恥ずかしい」

菊平衛は謙遜するが、お世辞ではなく素人芸とは思えぬほど上手い。

「ここがこうでして……」

顔の半ばが出来上がったところで、平九郎は顔を顰《しか》めて紙を凝視していた。

「これで出来上がりだ。どうです……狐憑きでしょうか？」

絵でも眉より上は菅笠に隠れて見えてはいない。ただ意外なことにこの顔に見覚えがあった。

「そのような気がします。小野木殿はもう戻られないでしょう」

「そうですか……」

「いやご心配なく。小野木家の者は狐に憑かれると、決まって美濃岩村に戻ります。そこで狐が落ちる。きっと供養して欲しいからではないでしょうか」

「ならば小野木様は元に戻られるということですか」

「ええ、だから心配なくこの部屋は他の方に貸してあげて下さい」

これも嘘八百。だが小野木右近が戻らないというのは間違いなかろう。藤助と同様、人の好《よ》いこの大家ならば部屋をそのままにしてもおかしくない。それは不憫に思えてこのような作り話をした。

「よかった。胸に閊《つか》えていたものがようやく取れました」

菊平衛は真に嬉しそうな笑みを見せた。

「その絵を頂けませんか？」

「こんなもので良ければ差し上げます」

「頂戴します。では……」

平九郎は絵を受け取ると、会釈してその場を立ち去った。振り返ると硯を持ち上げて帰っていく菊平衛が見える。心なしか足取りが軽くなっているような気がした。

墨がまだ乾いておらず、平九郎は風に当てながら絵を眺めた。見れば見るほどに似ている。

本物の小野木右近は暫く誰にも見られていない。推測だが、すでに殺されたのではないか。そしてこの絵の男が右近に成りすました。壱助たちが会っていた右近もこちらの偽物ということになる。

酔狂でこのようなことをする男ではない。何か目的があるはず。四三屋が別の勤めで捕まらぬと言っていた。ということは勤めの途中。

――そうか……もう一つのほうか。

鯱党壊滅の時には銀蔵の尾張屋とは別に、もう一つ遺恨があった。そちらに関わっているのだろう。そうだとすると、これから先のことが読めてしまった。これはもうどうすることも出来ない。また己がすべきことでもなかった。恐らくそちらに累《るい》が及ぶことはなかろうが、お種の身辺だけは暫く見守らねばならない。これは壱助から請けた依頼なのだ。

もう一度、じっと絵を見つめる。

——万木《ゆるぎ》迅十郎《じんじゅうろう》。

心中で苦々しく名を呼ぶと、紙を丸めて懐へと捻じ込んだ。様々な想いが交錯していたこの事件も、ようやく一本の糸へと解《ほど》けるだろう。

八

「世話になりました」

壱助は礼を言って戸羽屋を後にした。昨日の夕刻、くらまし屋が全て片が付いたと文で報せてくれたのだ。つまり銀蔵はもうこの世にいないということになる。お種や生まれて来る子が同じ目に遭えば、今の己ならば同じことをするだろう。そう思えば銀蔵が哀れに思えた。

戸塚宿から日本橋までは十里半ほど。速足で歩けば一日で帰ることが出来る。一刻も早くお種に会いたい。そして井原で包丁を振るう日常に戻りたい。その想いが壱助の脚を突き動かす。

振り返ると遠くに見える箱根の山々は、錦の着物を思わせるように煌びやかに色付いている。

昼時には二つ先の神奈川宿につき、休息を兼ねて腹ごしらえをしようと思いついた。神奈川宿のすぐ傍には神奈川湊がある。湊に出入りする大小の船を見下ろしながら、壱助は坂を下る。

丁度よい掛け茶屋を見つけ、饂飩《うどん》と茶を注文した。秋も盛り、冬に近づいていくからか海にも白波が目立つようになっている。美しい景観を眺めながら、壱助は饂飩を啜《すす》った。

横に腰掛けた者がいるが、気にせず海と空を交互に見続ける。

「俺も饂飩を」

その声にはっとして壱助は振り返った。

「右近……」

「壱助か。これは奇遇だ」

そんな偶然があるはずない。この男は己を追って来た。何のために。様々なことが浮かんでは消える。

「箸が止まっているぞ。お……来た来た」

右近も饂飩を受け取ると、一口勢いよく啜る。

「何か用か」

「まあな」

考えられることはたった一つ。この男は銀蔵と仲間。つまり黒幕は二人。くらまし屋でさえ見抜けなかったのではないか。壱助は箸と椀をゆっくりと置いた。すぐにでも逃げ出せるようにである。

「待て、訊きたいことがあるのだ」

右近は箸の先をこちらに向けて制しつつ言葉を継ぐ。

「お主、尾張屋の襲撃に加わらなかったというのは嘘だろう？」

「いや、本当だ。俺は加わっていない。七番組は蛇吉……いや和太郎に任せていた」

必死に訴えるが右近はひょいと首を捻る。

「信じられるかよ。七番組の小頭が、勤めより優先してやることなどあるまい」

「違うのだ……」

くらまし屋以外、誰にも語ったことのない真実である。信じて貰うには全てを告白するしかない。壱助は腹を決めてぽつぽつと話し始めた。

鰄党終焉《しゅうえん》のきっかけを作ったのは己なのだ。

副頭が駿河の応援に行く前日、壱助は頭に呼び出され、

——箱根で殺せ。

と、命じられたのである。副頭にはすでに己も付ける旨伝えてあるという。頭は本気だった。すでに副頭の家族の暗殺は別の者に命じていた。

猜疑心の強い頭のことである。断れば副頭の息が掛かっていると思われ、いずれ消されてしまうだろう。答えは一つしかない。壱助はこれを呑んで副頭に同行した。

そして箱根峠で旅人が途絶えた時を見計らって、背後からいきなり副頭に斬り付けた。己も動揺していたのだろう。背を深々と切り裂いたものの、即死させるには至らなかった。壱助は無我夢中で道中差しを振り回し、副頭は後退して足を滑らせて崖から谷底に落ちていった。深手を負って、しかも高さ二十間はあろうかという崖から落ちた。万が一にも助かるまいと思って、頭に暗殺の成功を報じた。

「しかし頭は殺された……副頭が生きているんじゃねえかって、当時はびくびくしたもんさ」

だが冷静に考えれば有り得ない。仮に生きていたとしてもたった一月の間に動けるようになる怪我ではない。しかも頭は愛妾の宅に行く時も二人の護衛を外に待たせていた。頭と妾だけでなく、その護衛も殺されていた。それが出来るならば不死身でなければ有り得ない。

結局、壱助は頭を怨んでいた何者かの仕業だと判断した。その後、すぐに鯱党は散り散りになる。これを潮だと思い、己も盗賊稼業から足を洗ったという流れであった。

「そうか。よく秘密を話してくれた」

「信じてくれたか」

　右近は椀を片手に微笑みながら頷いた。

「では、俺も秘密を二つ話そう」

「二つ？」

「小野木右近。本名、千谷仁吾郎《せんたにじんごろう》が副頭の家族を殺したのだ」

「じゃあ、お前が……」

　つまりあの時、頭に命じられていたもう一人の男は右近ということ。だが何故か他人事のように話すのが気に掛かった。

「もう一つの秘密……実は俺は小野木右近ではない」

「え……」

「小野木右近は死んだ」

　一瞬、言っている意味が解らなかった。男は茶飲み話をするように続ける。

「ずっと二人を捜していた。ようやく見つけた右近の家に、面白い文を見つけた。これは役に立つのではないかと思い、成りすますことにしたのよ」

ではこの男は何者だと言うのだ。右近は死に、家に入り、成りすます。捜していたのは二人。

「まさか——」

壱助の頭の中で様々なことが一気に繋がる。副頭の暗殺を命じた鯱党の頭は何者かに殺された。そして副頭の家族を皆殺しにした本物の右近も死んだ。いや眼前のこの男に殺されたのだ。

「三年越し。ようやくだ」

すとんと腹に衝撃が来て、ゆっくりと視線を下げる。短刀が深々と腹部を貫いている。生温かい感触が広がり、顎が激しく震えた。男は何事も起きていないかのように、片手で饂飩の汁《つゆ》を啜っている。

「最後の一人は俺……お前は……」

喉が激しくひりつき声が掠《かす》れた。

「炙り屋よ」

男は椀を置いて口元を妖しく綻ばせた。

聞いたことがある。くらまし屋と同様、噂になっている裏稼業の者。くらまし屋が大金さえ積めばどんな者でも晦ませるのに対し、炙り屋はどんな者でも必ず炙り出して仕留める。

「副頭は……生きて……」

自らの声がぼやけて聞こえた。いつの間に刺されたのか。刺された己さえ気づかなかったのだ。他の客は話に花を咲かせ、茶屋の娘は忙しく動き回っている。

「いいや。だが己の命が危ういことを知り、死んだら頼むと言われ、請け負ったのさ」

勘定を脇に置いて、すうっと炙り屋は立ち上がった。

殺しを命じた頭、家族を殺した右近、そして直に手を下した己。頭はともかく、残りは誰かを調べるのに相当苦労しただろう。それでも一度請け負った勤めを投げ出さず、炙り屋は三年もの歳月を掛けてようやく目的を果たした。依頼人である副頭は死に、止《や》めたとしても誰も咎めぬのにである。炙り屋もまた、くらまし屋と同じく矜持を持った玄人ということか。

躰から力が抜けて遠のく意識の中、壱助はそのような愚《ぐ》にもつかぬことを考えた。もう声も出ない。傍から見れば己は項垂れているだけに見えるのだろう。誰も訝しむことはない。すでに炙り屋は立ち去った。曇って見えていたその背も、徐々に黒に塗りつぶされて見えなくなった。

——お種……。

壱助は心の中で何度も名を呼んでいたが、やがて激しい眠気に襲われたように意識が闇に吸い込まれていった。

九

平九郎は飴《あめ》細工を売って町を流していた。すでに黄昏《たそがれ》時、家路に就く子どもたちが脇を駆け抜ける。もう随分と冷えるというのに、どの子も薄着である。まるで秋風そのもののように走り去る彼らを、目で追って微笑《ほほえ》むと、日本橋の波積《はづみ》屋へと足を向けた。

「平さん、いらっしゃい」

暖簾《のれん》を潜ると、すぐにお春《はる》が満面の笑みで迎えてくれた。

「おう。茂吉《もきち》さん、屋台車を脇に置かせてもらったよ」

板場に向けて言うと、茂吉はさっと手を挙げて微笑む。

「来てるわよ」

盆に空いた銚子を載せて運ぶ七瀬《ななせ》が、軽く顎で奥の小上がりを指した。いつもならばもう少し経ってから顔を見せる赤也だが、今日はすでにその姿がある。台に突っ伏していることから、すでに相当酔っているらしい。

「早いな」

「昼過ぎからあの調子」

平九郎は奥に進んで赤也の向かいに腰を下ろした。

「平さん」

気配に気付いたようで赤也が顔を擡《もた》げる。

「酔っているな」

「たまにはね」

「金は……」

「ひひ。昨日たんまり勝ったからある」

懐から重そうな財布を取りだして台の上に置いた。金さえあれば七瀬も文句は言わないだろう。注文していたのか、七瀬が銚子を二本もって来た。

「片付いた？」

「ああ」

壱助が去ってから一月、ようやくお種に害は無いと見て警護を解いた。もっともお種は己が守られていることすら気付いていない。

「渡してきたかい？」

頬《ほお》を薄紅色に染めた赤也が尋ねる。

「ああ、何も無かったからな」

壱助からの依頼は、万が一お種に危害が加えられそうな時は晦《くら》ませて欲しいというもの。そのような局面は訪れなかったため依頼は無効。

——壱助さんと懇意にしていました。これを預かっています。

飴細工屋としてお種を訪ね、壱助から受け取った五十両を手渡して来たのだ。案の定、お種はその場で泣き崩れた。壱助が盗賊だったことも知らないが、夫婦になった者どうし何か察するところがあったのだろう。平九郎は何も言わずに待った。裏稼業を始めてから、このような光景は何度も見た。だが未だそれ以外の術《すべ》を見つけられないでいる。

お種は暫く泣いていたが、涙を拭いながら礼を述べた。幸いにもお種はまだ両親が健在で、父は市ヶ谷御納戸町《いちがやおなんどまち》で桶職人をしているらしい。この金を持って実家に戻り、元気な子を産むと気丈に言った。

「女は強いな」

赤也は感嘆しながら、七瀬をちらりと見た。

「何よ」

「お前の強さは別物だけどよ」

「お春、このお酒下げちゃって」

七瀬が言うと、お春がちょこちょことやってきて銚子に手を掛ける。

「勘弁してくれよ。今日は金だってあるんだ」

「呑み過ぎは躰《からだ》に良くないよ」

お春は目を細めて赤也を見つめる。

「俺が頂こう」

「じゃあ、平さんに」

お春はくすりと笑って、銚子をこちらの傍に置き直した。七瀬とお春が離れると、
赤也は頬杖を突きながら言った。

「あいつ、嫁に行く気ねえのかな？」

「今はどうだろうな」

今はと言ったのには訳があった。七瀬は嫁に行くのが嫌で破談にした。七瀬が己たちと出逢ったのはその時のことである。

「行ってくれりゃ、俺も気楽に……」

「聞こえるぞ。それに七瀬無しでは、色々と困るだろう」

「まあな」

赤也は働く七瀬を一瞥《いちべつ》して、そっと盃に酒を注いだ。

赤也は皆で「くらまし屋」だと言った。秘密を知って陰ながら支えてくれる茂吉、お春もまた仲間だと言えよう。生まれた時や地、生い立ちも違えど、五人で力を合わせて生き抜いている。図らずも土蔵に集まった壱助らも五人。出逢い方が異なればこうも違うものか。

——いつか逢わせてやりたいな。

皆の顔を順に眺めていて、ふと初音《はつね》と小鈴《こすず》のことが頭を過《よぎ》った。

二人が姿を消してから三年が経ち、間もなく四年目を迎えることになる。ただ単に逃げられたならともかく、勾引《かどわ》かされたとなれば、人が聞けばもう死んでいると思うかもしれない。

だが平九郎は二人が生きていると直感している。訳はない。ただそう感じるのである。

秋も盛りを過ぎて日に日に寒くなっている。間もなく冬が来るのだ。今頃、どこにいるのか。寒いところにいるならば、躰に障りが無いか。そのようなことを考えながら、盃に映る情けない己の顔を茫と見つめていた。

終章

「まだ揺れている」

惣一郎《そういちろう》は愚痴を零して、大袈裟に躰《からだ》を横に振った。長い船旅だったため、陸《おか》に上がってからもまだ揺れているような感覚に襲われている。

「すぐ慣れます」

案内の者が苦笑しながら言った。

「本当かな。全然治らないけど。あとどれくらいですか？」

船が着いたのは今朝のこと。陽はとっくに傾いているが、一向に着く気配が無い。

「あと四半刻（三十分）ほどです」

「何でこんなに湊から遠いところに村を作っちゃうかな」

「幕府の目がありますので」

一行は己を合わせて三人。これはもう一人の者が答えた。

「お腹空いたな」

「村に着けば飯が食えます」

ずっと話しているからだろうか。案内の者たちは辟易しているようである。

「男吏《だんり》さん元気かな。あの人弱いから心配だ」

「阿久多《あくた》様が付いているので大丈夫かと……」

「あの鉄漿男《おはぐろ》。私よりも弱いですよ。ついでに九鬼《くき》さんも」

惣一郎は腰の刀をぽんと叩いてみせた。

「お二方とも同じことを仰《おっしゃ》っていました」

「本当ですか？　じゃあ今度白黒つけなくちゃ」

むっとしたが、軽口だと取ったようで二人ともやはり苦く笑う。

「暫《しばら》くはここにいて頂くように命じられています。頼りにしていますよ」

「そんなに襲われるのですか？」

「ええ。どちらも頻繁に。まだ数は十やそこらですが、その内もっと多くで襲ってくるかもしれません」

これから行く村は、二つの勢力から度々襲撃を受けている。虚《うつろ》も百ほどの数で村を守っているが、敵の中にはかなりの強者もおり、こちらもかなり被害が出ている。己はそれを撃退し、敵を怯《ひる》ませるためにここに配されたという訳である。

暫く行くと炊煙《すいえん》が立ち上っているのが目に入った。粗末な建物がいくつも並んでいるのも見える。

「あそこです」

「ようやくですか」

「あっ――」

案内人の一人が声を詰まらせた。村に向かって行く十数人の集団が目に飛び込んで来たのだ。村の入口を守る者が四人。矢を射かけられて早くも二人倒れるのが見えた。村は騒然となっており、中で人が激しく動くのも判る。敵は素早く箙《えびら》から次の矢を取り、流れるが如き動きで弓に番《つが》えて射る。どの者もかなり弓の扱いに長《た》けているように見て取れた。

「榊《さかき》様、今近づくのは危険です。すぐに村から兵も――」

「あれですね」

案内人が言いかけた時、すでに惣一郎は駆け出している。距離にして凡《およ》そ三町ほど。脚を緩めず一気に駆け抜けた。近づいて判ったが、敵は皆見たことも無い恰好をしている。不思議な柄の描かれた着物、これも柄の描かれた鉢巻きをしている者もいる。弓を引き絞った一人の背後に迫ると、惣一郎は静かに、それでいて速く抜き打ちを放った。男は悲鳴を上げて倒れ、他の者も背後から奇襲を受けたことに気付く。

「えい」

子どもが枝を振るうように、手首を返して刀を振る。また一人、絶叫して仰向けに倒れる。途中、番えていた矢が放たれて天高く舞い上がった。

三人目は首を、四人目は脛《すね》を斬る。矢が己を目掛けて飛んでくるのを目の端に捉えており、蹲《うずくま》った男の襟を摑《つか》んで楯にする。男は数本の矢を受け、針山のようになって絶命した。

「当ててみろよ」

惣一郎は身を横に動かすと、左手で胸の辺りをとんと叩いた。挑発にまんまと乗り、大して狙いも定めずに放たれる。一矢は首を振って躱《かわ》し、二矢は横っ飛びで避け、三矢は刀で叩き落として次の敵を求める。剣に手を掛けようとした敵の腹を貫いた時、今にも矢を放たんとする敵目掛けて脇差を抜いて投げつけた。脇差が喉に刺さり、吐血して前のめりに頽《くずお》れた。

「六」

言うや否や、飛んで来た矢を飛び下がって避ける。地に着いた瞬間、惣一郎はまたも駆け出している。

「七、八、九、十……」

今日はちと調子が悪い。そのようなことを考えながら、絶えず刀を振るって敵を屠《ほふ》っていった。

「十四。終わり」

そう言って息を細く吐いた時、案内人の二人が追いついてきた。村を守る武士と思しき二十余人の集団もこちらに向かって駆けて来る。

「榊様……」

「これで良かったんですよね？」

惣一郎は投げた脇差を抜きながら首を捻った。

「お見事です」

「よかった。男吏さんによく早とちりを怒られるんですよ。紙あります？」

懐紙を切らしていることを思い出し、村から来た武士たちに尋ねる。

「この御方が榊様……」

皆は感嘆の声を上げた。集団から一歩踏み出した男が懐から紙を取り出す。

「組頭をしている須田《すだ》と申します。これを」

「ありがとうございます」

懐紙で刀を丹念に拭って鞘に納める。そこで周囲から呻《うめ》き声が聞こえていることに気付いた。半数ほどは絶命したが、残りはまだ息がある。流石にこれほど多くの敵を同時に相手にしては、全員の急所を突くという訳にはいかない。

「止めを刺したほうがいいですかね？」

惣一郎が腕を押さえて悶絶する男を指差すと、皆が微妙な表情になるのが解った。どういった訳かと首を捻ったが、その答えはすぐに判った。村からまた五人ほどこちらに向かって来る。先頭を走っているのは女で、両手一杯の晒《さらし》を抱えている。

「退いて下さい！　手当てを」

女が衆を掻き分けるようにして近づいてきた。先ほど須田と名乗った男が苦々しく口を開く。

「もうお止《や》めになりませんか」

「村を守るために戦うのは致し方ないのかもしれません……しかしもう戦いは終わったのでしょう」

女は傷ついた敵の腕に手早く晒を回して血止めを行う。

「治せばまた襲ってくるのが落ちです」

「そうだとしても放ってはおけません。私はあなた方に協力する代わり、何人《なんぴと》であろうとも傷つく者を手当てする許しを得ています」

須田は口を噤《つぐ》み、他の者も止めようとはしない。女が言っていることは嘘ではないのだろう。

「戸板を取って来て。村へ運んで下さい」

女が命じると、武士たちは渋々といった様子で動き出す。さらに湯を沸かせだの、針と糸を用意しておけだの次々と指示を出していく。

「ねえ」

惣一郎は呼びかけたが、女は意に介さず手当を続ける。折角仕留めたのに治されては堪《たま》らない。女を見ていると胸がむかむかとして来る。

手を弾くように動かす。刀を抜きつけたのである。女の首のところで刃をぴたりと止めた。皆があっと声を上げたが、女はたじろぐ様子もなくこちらを見上げた。

「聞いてます？」

「ええ」

「止めてくれませんかね。また襲って来たら、斬るのは私なんですよ」

「そうですか」

女はにべもなく答えて、刃を気にせずに再び手を動かし始めた。脅せばすぐに逃げ出すものと思っていただけに、驚きを隠せず惣一郎は目を瞬かせた。

「どけて下さいますか。邪魔になりますので」

「困ったな」

すっかり毒気が抜かれてしまっている。こんな気分では人は斬れたものではない。

惣一郎はこめかみを掻きながら、片手で刀を素早く鞘へと戻した。

「医者なんですか？」

「ええ」

女は愛想なく答え、忙しく次の者の治療に当たる。

「女なのに？」

「技を身に付けるのに男も女も無いかと。剣術もそうでしょう？」

「確かに。女でも強い人はいる」

納得させられ、二度三度頷いて見せた。

「ここを持って」

「え？」

「早く」

「はい」

有無を言わさず晒の端を持たされた。女は両手で晒を強く巻いて血を止めようとしていた。ようやく戸板が運ばれてきて、怪我人が乗せられていく。

「私がいる限り、たとえ敵であろうとも手当は止めません。それをご承知下さい」

「うーん……」

では確実に急所を突いて息の根を止めよう。そう言いかけたが、女に威厳のようなものを感じて言葉を呑み込んだ。代わりに別の言葉が口を衝いて出た。

「名は？」

女は歯で晒を切り裂き、ぎゅっと結んで次の怪我人を求めた。その途中、少しだけ振り返り、蹲ったままの己に向けて短く答えた。

「初音《はつね》です」

言うや否や、再びすぐに手当てに戻る。頬には怪我人の血が付いており、怪我人に気を確かにと必死に訴えかける。この女は何故ここまで一生懸命なのだろう。

だが初音に何か神々しいものを感じ、惣一郎は茫とその横顔を見つめ続けた。

本書は、ハルキ文庫（時代小説文庫）の書き下ろし作品です。

時代小説文庫
い24-4

秋《あき》暮《ぐれ》の五《ご》人《にん》 くらまし屋《や》稼《か》業《ぎょう》

著者 今《いま》村《むら》翔《しょう》吾《ご》

2019年4月18日第一刷発行

発行者 角川春樹

発行所 株式会社 角川春樹事務所
〒102-0074 東京都千代田区九段南2-1-30 イタリア文化会館

電話 03(3263)5247[編集] 03(3263)5881[営業]

印刷・製本 中央精版印刷株式会社

フォーマット・デザイン&シンボルマーク 芦澤泰偉

ISBN978-4-7584-4247-3 C0193

http://www.kadokawaharuki.co.jp/[営業]
fanmail@kadokawaharuki.co.jp[編集] ご意見・ご感想をお寄せください。

今村翔吾の本

夏の戻り船
くらまし屋稼業

「皐月十五日に、船で陸奥に晦《くら》ましていただきたい」――かつて採薬使の役目に就いていた阿部将《しょう》翁《おう》は、幕府の監視下に置かれていた。しかし、己の余命が僅かだと悟っている彼には、最後にどうしても果たしたい遠い日の約束があった。平九郎に仕事を依頼した将翁だが、幕府の隠し薬園がある高尾山へ秘密裏に連れて行かれる。山に集結した薬園奉行、道中奉行、御庭番、謎の者……平九郎たち「くらまし屋」は、将翁の切なる想いを叶えられるのか!? 続々重版中の大人気時代エンターテインメント、堂々のシリーズ第3弾。

ハルキ文庫

今村翔吾の本

童の神

平安時代「童」と呼ばれる者たちがいた。彼らは鬼、土蜘蛛《つちぐも》、滝夜《たきや》叉《しや》、山姥《やまんば》……などの恐ろしげな名で呼ばれ、京人《みやこびと》から蔑まれていた。一方、安倍晴明が空前絶後の凶事と断じた日食の最中に、越後で生まれた桜暁丸《おうぎまる》は、父と故郷を奪った京人に復讐を誓っていた。様々な出逢いを経て桜暁丸は、童たちと共に朝廷軍に決死の戦いを挑むが――。皆が手をたずさえて生きられる世を熱望し、散っていった者たちへの、祈りの詩《うた》。第10回角川春樹小説賞受賞作＆第160回直木賞候補作。多くのメディアで話題沸騰。9刷！

単行本